DISCOURS FANTASTIQUE

ET VRAIMENT MERVEILLEUX

PRONONCÉ

PAR UNE STATUE DE PIERRE

Le 9 Août 1871

JOUR DE LA RÉCEPTION DES SUISSES PAR LA VILLE DE LYON

LYON. — IMPRIMERIE PITRAT AINÉ, RUE GENTIL, 4.

DISCOURS FANTASTIQUE
ET VRAIMENT MERVEILLEUX

PRONONCÉ

PAR UNE STATUE DE PIERRE

Le 9 Août 1871

JOUR DE LA RÉCEPTION DES SUISSES PAR LA VILLE DE LYON

REPRODUIT

PAR JEAN VINICOLA

PAYSAN DE VIEILLE ROCHE

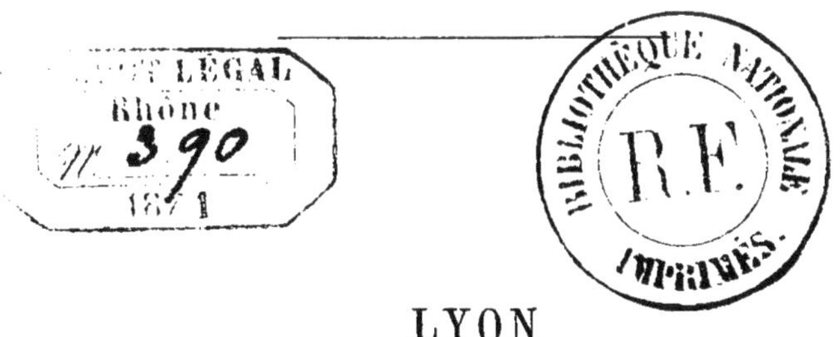

LYON

ANT. ROUX, LIBRAIRE-ÉDITEUR

RUE SAINT-DOMINIQUE, 2

1871

DISCOURS FANTASTIQUE

ET VRAIMENT MERVEILLEUX

PRONONCÉ

PAR UNE STATUE DE PIERRE

Le 9 Août 1871

JOUR DE LA RÉCEPTION DES SUISSES PAR LA VILLE DE LYON

Ami lecteur, le récit très-authentique, bien qu'étrange et surprenant, qui va se dérouler sous vos yeux méritera, je l'espère, d'attirer et de retenir votre attention et votre bienveillant intérêt, surtout si, de votre côté, vous y joignez le concours d'une double et indispensable disposition, savoir : l'interprétation du discours qui va suivre, non pas tant dans le sens exclusif des idées du moment, quelquefois assez intolérantes et hautaines vis-à-vis du passé, qu'au point de vue de l'orateur dont les paroles vous seront rapportées, de l'esprit de l'époque dont elles retracent le tableau et de l'ensemble des éléments qui ont concouru à créer et à développer la nationalité française, à la fixer sous un type propre et déterminé ; secondement l'indulgence pour le récit bien imparfait des choses étonnantes et vraiment singulières qui vous seront rapportées. Pour les reproduire, le pauvre Jean Vinicola n'a pu avoir à son service que sa mémoire, sans doute bien infidèle, et l'orthographe, quelquefois assez peu correcte, que

lui a fait apprendre, à l'école du village, feu son père, un
rural d'alors et de la plus belle eau, craignant Dieu et aimant
la France, nobles sentiments qu'il a légués à son fils, comme
le premier et le plus précieux des héritages. A ceux qui seront tentés de blâmer la témérité et la prétention de l'auteur,
disposant de si faibles moyens en vue de la tâche qu'il s'impose, celui-ci répondra qu'il comprend parfaitement tout ce
qui lui manque pour être à la hauteur d'une telle œuvre,
mais ce qu'il a vu et entendu l'a tellement saisi et émerveillé
qu'il a conçu le dessein d'en faire passer le tableau, quel qu'il
soit, sous les yeux de ses concitoyens, persuadé que ceux-ci
y trouveront encore, bien que sous une forme imparfaite ,
quelque chose du charme et de l'originalité qui ont frappé si
vivement tous les auditeurs de la scène remarquable qui s'est
produite récemment sur l'une des principales places de Lyon.

Le 9 août 1871 fut une de ces belles et radieuses journées
d'été dont les ardeurs, tempérées par le souffle rafraîchissant
du nord, n'accablent pas, sous un poids étouffant, le voyageur
que ses affaires obligent à parcourir les diverses rues d'une
grande cité ; une de ces journées où, sur les quais et les places,
les arbres semblent plus verts et leur ombre plus propice aux
distractions et aux rêveries du promeneur ; où le gazon des
parterres et les corbeilles de fleurs des massifs, n'étant pas
desséchés par les rayons dévorants du midi, présentent aux
yeux fatigués par le miroitement du pavé et le ton monotone
du macadam des trottoirs un tableau plein de fraîcheur et
d'éclat ; où les eaux des fleuves et des rivières, légèrement
coquillées par le souffle du vent, semblent caresser de leurs
vagues clapotantes la berge inclinée des rives qui longent la
cité. L'étranger qui eût débarqué, ce jour-là, à Lyon, par un
des trains du soir, et pénétré dans l'intérieur de la ville, en
suivant la magnifique artère qui, de la gare de Perrache,
aboutit à l'hôtel de ville, en passant par la rue Bourbon, la
place Bellecour et la rue de Lyon, se fût sans doute demandé,

en voyant les drapeaux qui pavoisaient les maisons, la foule
joyeuse et empressée qui encombrait les principales rues et
la garde nationale, dont les nombreux bataillons occupaient,
musique et tambours en tête, toute l'étendue du parcours,
quel était l'heureux homme d'État, le vaillant homme de
guerre à qui ce triomphe était destiné. Cette nation, qui avait
inscrit sur ses annales tant et de si hauts faits d'armes, venait-
elle d'ajouter aux fastes de son passé une page glorieuse ?
Hélas, qui donc dans le monde pourrait encore ignorer l'excès
de nos revers et ces malheurs sans précédents dans lesquels
se sont abîmés nos gloires séculaires et notre prestige national ? Notre chef d'hier ne venait-il pas de s'ensevelir dans la
honte d'une capitulation sans pareille ? Nos généraux, que
nous tenions autrefois en si haute estime, trahis par leur pré-
somption et un concours de circonstances de plus en plus fâ-
cheuses, avaient-ils connu autre chose que la défaite et la
captivité ? N'était-ce pas au souvenir d'un de ces récents et
effroyables malheurs que se rattachait la fête de ce jour, si
pleine cependant d'allégresse et de cordialité ? C'est qu'il
s'agissait de reconnaître le dévouement et la sollicitude dont
avait fait preuve, envers une grande nation malheureuse, un
tout petit peuple, en recueillant dans ses montagnes, de longue date hospitalières, toute une armée française, qu'une
odieuse clause de l'armistice du 28 janvier livrait sans merci
aux coups d'un adversaire implacable, qui avait juré sa perte ;
ces pauvres jeunes gens, arrachés depuis quelques semaines
seulement, pour la plupart, du sein de leurs familles éplorées,
soldats improvisés pour une défense désespérée, décimés par
le froid et la faim plus encore que par les projectiles ennemis,
la Suisse les avait recueillis avec amour ; elle avait pansé leurs
plaies béantes, réchauffé leurs membres endoloris, remplacé
la famille absente par les soins affectueux et les prévenances
pleines de délicatesse ; et, quand le mois de mars amena la
conclusion de la paix, quatre-vingt mille hommes s'en allè-

rent, qui dans les villes, qui dans les bourgs et les hameaux, proclamer à tout venant la généreuse conduite de la Suisse, sa large et cordiale hospitalité et les titres qu'elle s'était acquis à leur mémoire et à celle de leurs familles.

On a accusé l'administration municipale d'avoir voulu donner à cette ovation un caractère politique ; j'ignore si le reproche est fondé, mais ce que je sais bien c'est que la foule, tout entière au plaisir d'acclamer les étrangers qu'elle considérait comme les bienfaiteurs du pays en des temps mauvais, était complétement étrangère à tout sentiment autre que celui d'une sincère et affectueuse reconnaissance. Du reste, depuis un an, n'avait-on pas assez vécu dans le deuil et les angoisses sans cesse entretenues par les nouvelles de désastres qui se succédaient avec une rapidité stupéfiante ; ne devait-on pas être heureux de renaître un moment à la joie et à l'espérance, en se mêlant à une démonstration qui avait le mérite de nous rappeler que quelqu'un du moins, dans nos malheurs, s'était intéressé à nous, et de nous rendre, par l'échange de sympathiques rapports, un peu de confiance en nous-mêmes et de foi dans notre avenir ?

Après avoir traversé, au milieu des vivats et des saluts enthousiastes de la foule, les principales rues de la cité, l'escorte suisse s'arrêta à l'hôtel de ville, et gravissant les marches qui donnent accès aux appartements du premier étage, se montra au balcon que décoraient, mêlés aux drapeaux tricolores, les divers drapeaux de la Confédération helvétique. Les spectateurs, groupés en masse compacte sur la place des Terreaux, répondaient par des acclamations énergiques aux toasts portés d'en haut par les visiteurs étrangers. En ce moment, les grandes fenêtres de la façade du monument étaient illuminées par les reflets dorés du soleil à son déclin, et ce spectacle, vu dans son ensemble, ne manquait ni de grâce ni de majesté. A chacun des vivats d'en haut succédait, dans cette masse agitée et tumultueuse, un écho prolongé d'effusion et d'enthousiasme.

Cependant, depuis quelques instants, les regards et l'attention d'une partie des spectateurs semblaient se détourner de la scène du premier étage, et se fixer au-dessus avec une curiosité et un intérêt croissants. Placée dans le tympan de l'étage supérieur par le ciseau du sculpteur lyonnais Legendre-Hérald, la statue équestre, exécutée en ronde bosse, du roi Henri IV dominait de son correct et élégant profil, cette assemblée d'hommes confuse et bruyante ; éclairée par les teintes adoucies et resplendissantes des rayons du soir, cette noble et chevaleresque figure paraissait contempler cette manifestation populaire avec cette physionomie pleine de bienveillance, de douce et fine bonhomie, que l'histoire a consacrée, et que le ciseau du statuaire a réussi à exprimer assez heureusement. Mais, chose étonnante, à mesure que les yeux de la foule se fixaient sur elle, cette statue paraissait revêtir une expression de plus en plus vivante ; sous l'influence du courant qui faisait converger vers elle l'attention d'une multitude inquiète et haletante, cette tête semblait s'animer ; pour le spectateur en émoi, il était de plus en plus manifeste que cette effigie de pierre se transfigurait sous la puissance mystérieuse de l'âme du héros dont elle était la représentation. Les yeux, agitant leurs paupières devenues mobiles, promenaient sur la foule leur regard plein de calme et de sérénité ; s'embellissant d'un gracieux et bienveillant sourire, cette bouche s'apprêtait à parler ; le coursier lui-même, qui portait sur ses flancs son noble cavalier, participant de l'état de son maître, paraissait agiter la terre de son pied impatient et relever avec fierté sa fine et magnifique encolure... Un léger hennissement, clair et cuivré, soudain se fait entendre... une main s'étend vers la foule, et d'un geste plein de grâce et de majesté, semble commander l'attention et le recueillement de la multitude..... Puis une voix étonnante, atteignant sans éclat la note la plus élevée du registre humain, douce et ferme à la fois, comme une voix qui avait autrefois plus charmé qu'intimidé les hommes, et qui voulait plus que jamais caresser leurs oreilles, sortait de cette bouche entr'ouverte, portant jusqu'au-delà des limites de la place ses accents pénétrants et merveilleux : il me sembla, à moi, entendre la voix mélodieuse du passé, façonnée par l'habitude supérieure de tant d'années écoulées dans la sérénité des choses éternelles, sortir d'une poitrine longtemps muette et parler du haut d'un trône aux hommes silencieux !

« Français et vous, honorables étrangers, écoutez. Cette fête me plaît ; elle a le mérite spécial de vous rappeler à tous les devoirs réciproques de protection et de charité que se doivent les peuples, enfants du même Dieu, dans leur génie et leur organisation quelquefois si divers. De tout temps, la vieille terre des Gaules se fit une gloire de recueillir dans son sein tous les étrangers illustres ou obscurs, que le malheur avait frappés de son aile impitoyable ; à ceux qui n'avaient plus de patrie, que l'injustice et l'aveuglement des leurs rejetaient en terre étrangère, notre pays ouvrit ses bras et devint une seconde patrie. Depuis des siècles aussi, la généreuse et brave Helvétie se fait un devoir d'offrir, au milieu de ses montagnes imposantes, un asile sacré à tous les échoués de la fortune, aux victimes toujours trop nombreuses de l'adversité : dernièrement, elle a mis en relief cette précieuse qualité, en donnant l'hospitalité à toute une grande armée française, victime d'une infortune sans exemple, en faisant, en cette triste occasion, preuve d'un dévouement vraiment admirable. Français, et vous, représentants de l'Helvétie, donnez-vous la main ; vous êtes des peuples également généreux et dignes d'une estime réciproque. Du haut de ce monument où la reconnaissance du pays l'a élevé, le vieil Henri contemple avec bonheur le spectacle de deux nations acclamant l'une dans l'autre la première des vertus qui les distinguent entre toutes, l'humanité. Moi-même,

que vous écoutez en ce moment avec un intérêt mélé de tant
d'étonnement, s'il m'est donné de vous faire entendre une
voix muette depuis des siècles ; si un spectacle aussi étonnant
a pu frapper vos esprits, c'est que moi-même j'ai eu le mérite
d'être le plus humain des rois, le plus généreux des vainqueurs ;
c'est pourquoi le Ciel m'accorde aujourd'hui, en ce moment
même, où vous célébrez, dans la personne de vos visiteurs
étrangers, cette noble vertu de l'humanité, le Ciel, en retour
de celle que je pratiquai jadis, m'accorde la faveur, unique
jusqu'à présent, de prendre part un moment aux émotions et
au mouvement d'une autre génération, génération bien éloi-
gnée par le temps comme par les idées de celle qui me fut
contemporaine.

« Oui, je le reconnais, ce siècle, plus que tous les autres,
présente un merveilleux assemblage d'avantages matériels et
de développement moral, qui ne sauraient guère être dépas-
sés ; c'est de cette époque que ressortent ces admirables
inventions, filles ingénieuses de la science moderne, qui abré-
gent le temps et rapprochent l'espace, à un point tel qu'il
nous eût été impossible d'en avoir l'idée, nous les vivants du
seizième siècle. Sur quelques points que tombent més regards,
je ne découvre que merveilles nombreuses et nouveaux sujets
d'admiration ; partout des voies larges et soigneusement entretenues relient dans leur vaste réseau les hameaux aux
bourgades, les bourgades aux cités ; partout la terre, mère
féconde de l'homme, fouillée par une main opiniâtre autant
qu'intelligente, livre ses derniers retranchements à une cul-
ture qui fait jaillir de son sein des produits abondants et va-
riés, dont plusieurs nous étaient complétement inconnus. Partout l'industrie, cette fée créatrice, avare envers notre temps
des prodiges dont elle comble le vôtre, s'en va répandant
l'aisance à travers les diverses couches de votre société, en y
joignant des avantages ignorés de la richesse de nos jours.
Partout dans les villes, comme dans les campagnes, brille le

bien-être ; une ingénieuse entente des besoins et des commodités de la vie sait les satisfaire en les multipliant.

« Pour parler de votre illustre cité, Lyonnais, que n'en dirai-je pas? Que sont devenues vos vieilles rues, longues et étroites, tortueuses et mal pavées, et ces antiques maisons, obscures et malsaines, dressant leurs pieds dans la boue et leur tête dans les brouillards ? A droite et à gauche, devant et derrière moi, je n'aperçois que percées, larges et spacieuses, laissant pénétrer à flots l'air et la lumière, dont jouissent à discrétion les habitations nouvelles, élégantes et commodes, et dont beaucoup ressemblent à des palais ; sur vos places, sur vos cours, des promenades nombreuses et soigneusement entretenues ; des pelouses de verdure et des massifs de fleurs sans cesse rafraîchis par la rosée des bassins dont les eaux s'épandent en jets capricieux ; et ces magnifiques quais, uniques au monde, qui, sur un si long parcours, embellissent le cours de vos deux fleuves, en emprisonnant leurs flots dans des remparts qu'ils ne sauraient guère franchir.

« Et de ma bonne ville de Paris, dont pourtant alors j'étais si fier, que n'en dirai-je pas? Depuis vingt ans surtout quelle succession de merveilles et quelle transformation inouïe ! Et moi-même, le roi bien-aimé d'une cité qui me fut si chère, il me serait difficile de me reconnaître au milieu de ces quartiers brillants et de ces monuments sans nombre, n'étaient les tours massives de Notre-Dame et la flèche élancée de la Sainte-Chapelle : deux merveilles celles-là, que l'art moderne, avec ses moyens puissants, ne dépassera pas.

« Ai-je tout dit, Français? non, pas encore. Si ce siècle, qui est le vôtre, met à votre disposition un admirable ensemble d'avantages matériels, quelles ressources incomparables, quel trésor précieux n'y ajoute-t-il pas, pour élever les esprits et développer toutes les nobles aspirations de la nature humaine. Partout, suivant les lieux et les personnes, les moyens de s'instruire, placés sous la main de tout le monde :

ici des écoles, là des colléges et des institutions diverses, selon les positions et les aptitudes. Par vos cours publics, par vos journaux et vos livres, la science devient un patrimoine commun dont chacun peut s'approprier une parcelle ; les connaissances humaines, dépouillant le langage et les formules propres, qui en font la propriété exclusive des savants, revêtent, pour s'abaisser devant le vulgaire et se mettre à sa portée, une méthode admirable de clarté et de simplicité ; par elles, la vie est éclairée jusque dans des recoins autrefois obscurs ; le principe, la nature et la fin des choses apparaissent plus lumineux. Heureux l'homme de bien qui profite de la supériorité de ces moyens pour imprimer à ses idées et à sa conduite une supériorité morale correspondante ; coupable et trois fois coupable celui d'entre vous qui tournerait contre la société et contre lui-même toutes ces faveurs que le Ciel n'a départies à votre génération que pour l'astreindre à une perfection plus grande et à une vertu plus étroite. Oui, la France de ce temps, je l'avoue, sous tous ces rapports, est de beaucoup supérieure à la France sur laquelle je régnai jadis : je dirai même plus, j'affirmerai qu'elle me semble en cela avoir atteint le point suprême de la perfection. Bien loin d'en être jaloux, je m'en réjouis ; mais cette France si bien douée, qui l'a faite ? Tant de perfection, un progrès moral et matériel si accompli, ne sont pas uniquement le fait de cette génération, mais ne peuvent être que l'œuvre du temps, de patients et laborieux efforts. La statue dont vous admirez dans vos musées ou sur vos places publiques le galbe inspiré et les harmonieuses proportions a-t-elle d'un seul coup et sans peine réalisé l'idéal de l'artiste ? Pour l'amener au point que vous aimez à voir, combien de temps a-t-il fallu pour dégrossir le bloc informe ; combien de jours le ciseau du statuaire, patient et infatigable, a-t-il fouillé le marbre ; combien d'efforts et de perplexités avant d'avoir imprimé à celui-ci cette expression sublime dont l'auteur portait en lui la brûlante image ? Fran-

çais, il m'a semblé que, depuis quelques années, beaucoup
d'entre vous, émerveillés de la somme de progrès qui s'épa-
nouissent devant leurs yeux, n'y voient que l'œuvre du temps
présent et de ses institutions sociales et politiques et négli-
gent de relier au passé tous ces précieux avantages, qui n'en
sont cependant que la filiation naturelle et légitime. Sera-t-il
permis à celui de vos rois qui a le plus aimé la France, à
celui dont le peuple a gardé le souvenir avec le plus de fidélité, de retracer à vos yeux la part du passé dans le merveilleux ensemble du présent, de dire par quelles luttes et
quels héroïques efforts, par quelle série de vicissitudes diverses
notre patrie a dû successivement passer avant d'en arriver au
terme où vous la voyez parvenue avec un si légitime orgueil;
par les mains et les soins de qui cette France, d'abord à peine
ébauchée, a pris de siècle en siècle un développement de
plus en plus accentué, jusqu'à ce qu'elle soit devenue l'une des
premières et des plus puissantes nations du monde?

« Sous le règne des derniers descendants de Charlemagne
les Français ne formaient plus une nation, ni la France une
monarchie. Le territoire de l'ancienne Gaule était découpé en
une multitude de petits États, sujets à de fréquentes révolutions, toujours en guerre les uns contre les autres et entre
lesquels il n'existait guère d'autres droits que la force. Les
rois étaient plus que jamais sans puissance ; ils ne commandaient pour ainsi dire sans contrôle qu'à la seule ville de Laon,
leur principale résidence ; tout le reste de leurs États était
distribué entre des vassaux peu disposés à obéir. D'autre
part, le pays, sans frontières bien établies, sans ligne de
défense naturelle ou fortifiée, se trouvait ouvert aux incur-
sions des peuples voisins, aux convoitises ambitieuses des
souverains d'Angleterre et d'Allemagne. Telle était la situation
de la France à la mort de Louis V, le dernier descendant de
Charlemagne, alors que, du consentement déclaré ou implicite
des grands du pays, Hugues Capet, le fondateur de notre

race, ceignit à Reims la couronne royale, comme le premier
et le plus brave seigneur du royaume. Du reste, ces princes,
qui portaient le titre de bon augure de ducs de France, ne
s'étaient-ils pas, sous les rois de la race précédente, montrés
les plus français d'entre tous, par leur courage et leurs
efforts à réprimer les diverses invasions normandes et à soutenir de leur puissante épée l'autorité des derniers Carlovingiens,
trop faibles pour se défendre contre de puissants vassaux ?
Pour créer la France, pour en faire un État uni et compact,
qui pût, à un moment donné, jouir de tous les avantages d'une
civilisation avancée, que fallait-il ? Deux choses : lutter sans
cesse contre l'orgueil et les révoltes des grands qui, en élevant
des prétentions d'indépendance, affaiblissaient le pays en le
morcelant ; surprendre leurs audacieux desseins, et finalement
briser leur autorité propre en courbant leur volonté impérieuse
sous le joug de la loi commune ; puis défendre avec un soin
jaloux et sans cesse en éveil l'autonomie et l'intégrité nationale
contre les agressions de voisins étrangers souvent tentés
d'amoindrir et d'absorber, au profit de leur ambition, le territoire de la France. Ce fut là une tâche rude et laborieuse,
pour laquelle ce ne fut pas trop du cours de plusieurs siècles ;
tâche glorieusement remplie après une longue suite de luttes
victorieuses et quelquefois aussi de revers. Cette dure et
patriotique mission, nos vieux rois en assumèrent le poids avec
une fermeté et une constance digne des résultats remarqua-
bles qui constituèrent la France, forte et compacte au dedans,
puissante et respectée au dehors.

« Qui donc brisa, au profit des communes, c'est-à-dire du
peuple des villes, la puissance souvent arbitraire des seigneurs ?
Après Huges Capet, Charles le Gros, après celui-ci Louis VII,
Philippe-Auguste, saint Louis, Charles V et Louis XI ; voyez
ces fiers monarques, au bras de fer, au cœur d'acier, aucun
ne souffre la moindre atteinte aux droits de la couronne,
c'est-à-dire du pays dont le roi était alors la suprême expres-

sion ; en défendant leur propre pouvoir contre les empiétements
et les atteintes de leurs premiers vassaux, c'était l'unité de
la France d'abord, puis la liberté des communes et du peuple
ensuite, que ces intrépides batailleurs sauvegardaient. Moi-
même, en réduisant à l'impuissance les prétentions du prince
de Lorraine et la coupable rébellion du maréchal de Biron, je
fis à mon tour plier devant la royauté le pouvoir féodal qui
avait reconquis, à la faveur des guerres de religion, une partie
de ses anciens priviléges. Mon fils, Louis XIII, admirablement secondé du génie supérieur et implacable de son ministre
Richelieu, achève de donner le dernier coup à cette féodalité
toujours hautaine dans son orgueil et impatiente de soumission ; c'est en vain que, dans la guerre de la Fronde, elle essaie
de ressaisir les priviléges qui lui échappent, le cardinal Mazarin et le prestige du grand roi Louis XIV lui enlevèrent
les faibles restes de sa puissance. Toutes ces belles provinces
qui composent maintenant notre belle patrie, la royauté les a
acquises lentement, au prix de beaucoup de luttes et d'efforts :
ici par des alliances, là par la diplomatie ou la force ouverte
l'une après l'autre, elles sont entrées dans le domaine de la
couronne, comme de magnifiques joyaux dans un écrin précieux, jusqu'au jour où, la parure étant complète, celle-ci a
pu être enchâssée dans le travail habile et précieux d'une
sertissure homogène.

« Pendant ce temps là, d'un autre côté il nous fallait défendre contre les attaques du dehors notre œuvre d'unité et
de grandeur nationale, et Dieu sait, que les ennemis puissants
et redoutables ne nous ont pas manqué. Voyez, dès l'origine,
les ducs de Normandie, devenus roi d'Angleterre, refuser à
leurs suzerains les devoirs de vassalité qu'ils leur devaient,
pour le fief qu'ils possédaient en France, s'attribuer par des
mariages des droits éventuels à la couronne, ce qui leur per-
met à un certain moment d'appuyer par la force des armes
des prétentions problématiques, au détriment des souverains

légitimes, et de jeter le pays dans les horreurs et les bouleversements d'une guerre de cent ans. Voyez à diverses reprises les empereurs d'Allemagne prêter le concours de leurs armées aux seigneurs révoltés; puis la maison d'Espagne unissant ses destinées à celles de l'Empire et soutenant de l'or du Nouveau-Monde ses prétentions à la domination universelle, menacer l'unité et l'influence légitime de la France, comme celles des autres États de l'Europe. Qui a combattu alors ces ennemis formidables, qui a arrêté l'invasion et refoulé victorieusement au-delà de nos frontières nos adversaires acharnés, qui donc, s'attachant corps à corps au colosse menaçant du Saint-Empire, sans se laisser décourager par des revers momentanés, a pu jeter par terre ce formidable athlète dans les plaines de Rocroy et de Lens, assurant à la France le premier rang parmi les peuples du monde, à son génie et à sa civilisation une suprématie brillante et incontestée?

« Dans cette longue suite de guerres, souvent heureuses, quelquefois néfastes dans leurs premières périodes, mais toutes aboutissant finalement au triomphe définitif de la cause nationale, vos rois ne prirent-ils pas la principale et la plus dure part, payant partout de leur personne, quelquefois malheureux, mais toujours braves et respectés, même de leurs adversaires? Aussi, pendant de longs siècles, le souverain fut-il considéré par son peuple comme la personnification vivante et élevée des destinées et des intérêts du pays, comme le peuple, en s'associant aux succès et aux infortunes de la royauté, vivait de la même vie, partageant ses gloires et ses douleurs. Sans doute, plusieurs d'entre nous ont eu leurs faiblesses et leurs défauts; des fautes assez graves furent commises; mais pouvions-nous alors en calculer les regrettables conséquences, que la suite des temps seule a mises en évidence? Pour n'en citer que deux exemples, Louis VII, dit le Jeune, pouvait-il prévoir qu'en renvoyant de sa couche un peu trop légère Éléonore de Guyenne, celle-ci apporterait au roi d'Angleterre des droits

présumés sur une partie de la France, et qu'un siècle plus
tard, sous la branche des Valois, la rivalité des deux couron-
nes se déclarant tout-à-coup, le pays serait jeté dans une
longue et malheureuse guerre et placé à deux doigts de sa
perte, si bien qu'il fallut l'intervention du Ciel et le secours
de la bergère inspirées de Vaucouleurs pour arracher la
France aux étreintes de l'ennemi? Moi-même, en accordant
aux protestants, mes anciens coreligionnaires, l'édit de
Nantes, qui, avec la liberté de conscience, stipulait pour eux
la possession de places fortes et la juridiction de tribunaux
particuliers, je n'avais en vue que la concorde et l'apaise-
ment des esprits ; mais en attribuant aux réformés une existence politique, tandis que j'aurais dû me borner à les faire
jouir des avantages du droit commun, ne sacrifiai-je pas le
passé au présent et ne dois-je pas me regarder comme la cause,
inconsciente sans doute, de la révolte de la Rochelle et
du long et difficile siége que dut faire de cette place mon fils
Louis, aidé de son ministre Richelieu? Nous ne prétendons
donc pas avoir apporté dans le gouvernement du pays le pri-
vilége d'une perfection et d'une infaillibilité qu'il n'appartient
pas aux hommes, du reste, de réaliser ici-bas; il y a des erreurs
et des faiblesses inséparables de la nature humaine : nous fai-
sons hautement et sans détour la part des nôtres. Mais ces
erreurs et ces faiblesses sont-elles uniquement notre fait? Ne
doit-on pas, en toute justice, en rejeter une large part sur les
temps d'alors, ignorants et troublés, où tout était à créer, et
qui ne connaissaient pas les avantages et les ressources d'une
société plus avancée? Ce n'est que patiemment, petit à petit,
après bien des essais infructueux et des tâtonnements longtemps stériles, que les institutions se dégagent et parviennent
à ce degré de perfection qui semble accuser les générations
antérieures, qui en sont cependant les premiers auteurs et à
qui en revient une large part de mérite ; ce n'est qu'avec beaucoup de temps, après une série de transformations successives,

qu'un ordre de choses plus parfait, délimitant et consacrant les droits de chacun selon leur importance relative, finit par prévaloir et devenir la loi et la vie de la société.

« Pour mener à bien cette œuvre de patiente élaboration et de colossale structure, beaucoup de vos rois allièrent, à un haut degré, la sagesse qui prévoit à la bravoure qui surmonte les obstacles. Français, jetez un coup d'œil rapide sur l'histoire des autres peuples et dites-moi si, à travers tant de siècles, une nation compta plus de souverains magnanimes, de chefs dévoués à la puissance et aux intérêts de la patrie? Citerai-je Philippe II, dit Auguste, le vainqueur de Bouvines, Louis VIII, Cœur de Lion, Louis IX, le Saint, dont les vertus furent supérieures à la bravoure et à la grandeur d'âme, qui cependant surent tenir tête aux armées d'Angleterre, à Taillebourg et à Saintes, et frapper d'admiration les barbares d'Orient, un moment maîtres de sa personne ! Et Charles V, le Sage, dont la vaillante épée expulsa les Anglais du sol national et la prudence consommée parvint à cicatriser les plaies nombreuses dont l'invasion avait labouré notre pays. Et Louis XII, le Père du peuple, dont le nom proclame assez haut le mérite; François Ier, le roi chevaleresque et brave comme son épée, qui, en perdant tout, même la liberté, laissait encore intact son honneur et celui de la France ; qui, à force de défaites suivies de nouvelles luttes, contint l'ambition effrénée de Charles-Quint, l'empereur des deux mondes, et brisa ses desseins de domination universelle. Et Louis XIV, le plus grand roi de l'histoire, dont la noble et imposante figure rayonne à travers les âges d'un éclat incomparable que tous les détracteurs du monde de parviendront pas à obscurcir ; règne de trois quarts de siècle, triplement illustré par la gloire des armes, le génie des lettres et le culte du beau, portés à leur dernière et plus sublime expression.

« Et moi-même, Français, me permettrez-vous de parler, un instant, du vieil Henri? Certes, vous conviendrez que les

actes de mon règne et les desseins que j'avais formés pour la
grandeur et le bien-être de la France m'en donnent quelques
droits. Pour faire reconnaître mon autorité, que rejetait un
parti obstiné et redoutable, je dus avoir recours aux armes. Mais
oubliai-je envers cette partie de mes sujets révoltés contre
leur roi mon devoir de père, et manquai-je à leur égard de
clémence et de générosité ? Lorsque je fus contraint d'investir
d'un siége rigoureux ma bonne ville de Paris, qui d'abord
refusait de recevoir dans ses murs celui que, plus tard, elle
devait dédommager par une affection profonde et une invio-
lable fidélité, les larmes ne me montèrent-elles pas aux yeux,
au récit des souffrances et des tortures de mon peuple, et refusai-
je de faire entrer dans l'enceinte de la capitale les convois de
vivres que mes troupes auraient pu intercepter, m'enlevant
spontanément le principal moyen de hâter un succès que
cependant je devais tant désirer ? Je ressemble à la vraie
mère de Salomon, disais-je à mes gens, j'aime mieux n'avoir
point de Paris que de l'avoir en lambeaux. Lorsque, dans la
plaine d'Ivry, mes troupes mirent en déroute l'armée de
Mayenne, qui avait accepté le secours de l'Espagne, ne criai-
je pas à mes soldats : Main-basse sur l'étranger, épargnez
les Français ! Et ce vœu de la poule au pot chaque diman-
che, pour tous les paysans du royaume, ne m'a-t-il pas valu
une juste popularité et ne vous donne-t-il pas aujourd'hui une
juste idée de l'intérêt et de la sollicitude que je portais aux
classes laborieuses ? Permettez-moi de le dire ici sans vanité :
ces paroles si simples, sorties naturellement un jour de mon
cœur de père, permettez-moi d'en être fier et d'en faire devant
vous le plus bel ornement de ma vie, un ornement plus esti-
mable que la couronne qui me ceignit la tête et le fondement
le plus solide de ma vieille renommée. Oui, Henri de France
et de Navarre fut plus qu'un héros, il fut le père de ses sujets.
Français du XIXᵉ siècle, qui m'entendez, excusez ces paroles :
lorsque je vous contemple, ici, sur cette place, silencieux et

attentifs, je crois voir rassemblé devant moi mon bon peuple d'autrefois; en vous parlant, je sens, comme jadis, mon cœur se fondre d'affection et de dévouement. »

En ce moment, la voix du prince, si douce et si ferme, sembla prendre un accent plus pénétrant encore de bienveillance et d'émotion ; sa noble et spirituelle figure s'anima d'une admirable expression de bonté et de mansuétude. Un murmure approbateur, s'élevant vaguement du milieu de cette foule, fit comprendre au roi que ses paroles commençaient à remuer cette masse d'hommes, qui d'abord avaient semblé l'écouter avec plus de surprise que de sympathie.

« C'est que, poursuivit le roi, le bonheur de la France, aussi bien que sa puissance, fut toujours le principal souci de ma vie, le but sans cesse présent de mes efforts. Quand, de concert avec Sully, mon ministre si honnête et si sage, je conçus le vaste et audacieux dessein d'abaisser la prépondérance de la maison d'Autriche, dessein que la mort m'empêcha d'exécuter, mais que je léguai à mon fils Louis, qui, plus heureux que moi, en assura le triomphe, sous la direction d'un autre ministre d'un génie si élevé et d'une indomptable énergie, — quelle était notre intention? Réduire dans de justes limites cette puissance allemande, qui menaçait de tout absorber dans son orbite; constituer l'Europe dans une hiérarchie et une solidarité d'États, qui, en établissant entre chacun une pondération d'influence et un équilibre de forces aussi parfait que possible, évitât à mon peuple les horreurs de guerres sans cesse renaissantes et assurât aux générations à venir les bienfaits d'une paix durable. Certes, en tenant compte des vices des hommes et des imperfections des choses, ce projet peut vous paraitre maintenant un peu chimérique : je l'avoue moi-même — la guerre est une loi de l'humanité, et les sociétés, pour vivre moralement, ont besoin de s'inspirer du dévoue-

ment et des vertus viriles qu'elle suscite et entretient, — mais
pouvez-vous nier la grandeur et l'excellence d'un tel projet ?

« Depuis que le poignard d'un vil assassin l'eût enlevé à
l'estime et à l'amour de son peuple, le roi Henri n'a pas cessé
de prendre part, comme de son vivant, aux gloires et aux
infortunes de la France ; sous les voûtes de Saint-Denis, son
corps, proie naturelle de la mort, est devenu un peu de pous-
sière... Son âme immortelle, créée par Dieu pour régner sur
les cœurs des Français, par la clémence et l'amour, est restée, jusque dans la sérénité des choses éternelles, française,
et française elle restera jusqu'à la consommation suprême des
destinées de la patrie, qui, espérons-le, sont loin encore de
toucher à leur terme. Mais depuis près d'un siècle, quelles
vicissitudes étonnantes, quelle succession de splendeurs et
de gloires excessives, de malheurs et d'humiliations extrêmes
n'ai-je pas vu passer sur ce pays, — et si quelque chose, dans
ces dernières, a pu légèrement atténuer le poids de ma douleur et de ma tristesse, c'est la pensée que c'était sous d'autres que ceux de ma race, écartés violemment du trône héré-
ditaire par suite de déplorables malentendus, — que de semblables infortunes frappaient si cruellement ce noble pays!

« Vous le dirai-je, Français? depuis quelques dizaines
d'années déjà que le ciseau du statuaire a gravé mon effigie
sur le frontispice de ce monument, j'ai vu bien des révolutions
se succéder, dont le sombre écho montait menaçant jusqu'à
mon oreille ; j'ai vu aussi le drapeau de la France, un drapeau
différent du nôtre, traverser cette place au milieu des accents
d'une fanfare belliqueuse, et fixer sur ses plis les regards
pleins de flamme d'une foule anxieuse, et cependant confiante
dans la force et le succès de nos armes. C'était le drapeau de
ma France qui s'en allait, sur des champs de bataille étrangers, soutenir des causes dont je n'approuvais pas toujours le
but, mais dont cependant je ne pouvais m'empêcher de sou-
haiter l'heureux dénouement. Ce drapeau, à son départ, je le

suivais de mes vœux ; je le voyais, dans des luttes formida-
dables, témérairement exposé, mais toujours vaillamment dé-
fendu : mon cœur alors ne dormait pas, je n'étais plus moi-
même ; j'étais l'âme et le génie de la France ! Aussi, que
j'étais heureux, que j'étais fier, lorsque sur cette place, mes
yeux enivrés le voyaient reparaître, orné de nouveaux tro-
phées, ombrageant de ses plis glorieux et ces chefs habiles et
valeureux, et ces soldats, enfants de vos campagnes, si simples et si grands dans leur héroïsme ! Oh ! alors, j'étais radieux, et sous sa carapace de pierre, mon cœur français vibrait
à l'unisson de l'enthousiasme et des transports de la nation
entière ! Toutefois, le dirai-je, il y a un an à peine, un bruit
d'alarme et de patriotique anxiété monta jusqu'à moi ; une
nation que de notre temps nous ne connaissions pas, rapace et
ambitieuse, avait grandi dans l'ombre d'abord, puis au grand
jour, s'arrondissant sans scrupule de provinces volées et de
peuples violemment démembrés ; cette puissance, devenue
formidable, voulait reprendre le rôle et les prétentions de cet
empire d'Allemagne, dont nous avions arrêté les projets
d'envahissement. Et la guerre une seconde fois se déclarait
entre la France qui tenait à conserver son rang et la Prusse
qui brûlait d'envie d'élever le sien.

« Dès le début, je pressentis, sous l'influence d'une étrange
et pénible disposition que je n'avais encore éprouvée, que cette
fois la lutte serait acharnée, sanglante et complétement défa-
vorable aux armes de la France ; que tout le courage, que tous
les dévouements et les sacrifices viendraient se briser fatale-
ment contre le rempart infranchissable d'ennemis cinq fois
supérieurs en nombre, en armement et en organisation. Oh !
alors qu'il en était encore temps, que j'aurais donné avec empressement ma part d'immortalité, et je serais tombé sans
regret dans l'abîme du néant, pour le seul pouvoir de vous
faire entendre quelques instants mes craintes bien fondées et
mes cruelles perplexités, que la suite a trop justifiées ; pour

retenir loin des frontières ces intrépides régiments que je
voyais voler en chantant à des défaites qu'ils ne soupçonnaient
pas, et à quelque chose peut-être de plus malheureux ! Aussi,
la nouvelle de vos premières défaites m'attrista vivement, et
cependant ne me surprit pas. Mais ce qui me surprit cruellement et me consterna jusque dans les profondeurs de l'âme,
ce fut l'incroyable, l'invraisemblable, la lamentable et cependant trop réelle capitulation de Sedan. Capitulation, qu'était
ce mot ?... point connu de notre temps... Cependant, en dépit
de nos illusions, en dépit de nous-mêmes, il fallait bien l'ad-
mettre et accepter pour une réalité ce qui malgré nous ne se
présentait à notre esprit que comme affreux cauchemar. Dans
la nuit du 3 septembre, de vagues et sombres rumeurs s'éle-
vèrent jusqu'à mon oreille ; mon âme se replia sur elle et se
sentit comme glacée sous l'étreinte d'une constriction indi-
cible. Ah ! journée du 4 septembre, jour de deuil, jour de morne
désespoir, où du nord au midi, du levant au couchant, dans
les villes comme dans les campagnes, une terrible et stupéfiante nouvelle traversa l'espace comme un éclair fauve et
menaçant, précurseur d'un immense cataclysme ! le souverain
de la France s'était rendu, avec toute une armée, à son ennemi
implacable et insultant ! Ah ! France, pauvre France, terre de
l'héroïsme, terre classique de l'esprit chevaleresque et du généreux mépris de la mort, quel coup, quel terrible déboire,
quelle humiliation insolite et sans compensation ! Ce jour-là,
Français, dès que le triste soleil eût répandu sur cette place
ses premiers rayons, vous eussiez vu ma poitrine se soulever
sous son armure de pierre, et de grosses larmes jaillir de mes
yeux, devenus sensibles sous le poids de mon immense douleur ! A moi, m'écriai-je, Joyeuse et Crillon, Guise et Montmorency ; tous mes preux et mes féaux de Jarnac et d'Ivry,
sus aux ennemis de la France ! Hélas, même dans les jours de
la plus grande détresse, la tombe implacable ne rend pas à la
vie les héros dont elle garde les restes mortels. Et vous, mes

descendants, nobles exilés du plus noble nom, Bourbon et Orléans, que n'êtes-vous là ? Joinville et de Chartres, dont je connais la grande âme, vite repassez la frontière ; c'est à vous maintenant de combattre, à vous, s'il le faut, de mourir ; faites voir, en face de l'usurpateur sans vergogne, tombé dans l'opprobre d'une honte sans pareille, ce que peut encore, si ce n'est pour le triomphe, du moins pour l'honneur de la France, le vieux sang de ses rois. Français, Français, qui m'écoutez, cette date lugubre, ce souvenir funèbre, ne l'oubliez jamais : que la journée du 4 septembre ne revienne chaque année que couverte d'un large crêpe noir, symbole du deuil et de la morne affliction qui étreignirent, il y a près d'un an, toutes les âmes vraiment patriotiques. Que devant cet anniversaire de désolation et d'abattement national, vos discordes s'apaisent, du moins ce jour-là ; faites trêve à vos passions du moment et repassez, dans la dignité de votre recueillement et le silence de votre douleur, les événements de cette lamentable journée ; fortifiez vos cœurs de l'austère méditation de cette catastrophe inouïe, de telle sorte que la leçon du passé devienne l'enseignement précieux de l'avenir. »

Ces dernières paroles, à travers lesquelles la grande âme du Béarnais passait tout entière, prirent un tel accent d'émotion pénétrante, de tristesse et d'énergie surhumaines, qu'un courant magnétique de sympathie et d'admiration s'établit visiblement entre cette foule attendrie plus encore qu'émerveillée et le royal orateur aux lèvres duquel vous l'eussiez vue suspendue. Le prince garda quelques instants le silence ; une singulière et indescriptible émotion avait gagné cette masse entière ; dans le transport d'un élan irrésistible et d'une admiration enthousiaste, les bras s'agitèrent ; les yeux d'un grand nombre se mouillèrent de larmes, et des cris de *Vive Henri IV!* commençaient à monter, quand le roi, inclinant gracieusement la tête, comme pour remercier la foule, moins de ses applaudissements que d'avoir si bien saisi et si bien interprété ses patriotiques sentiments, poursuivit son discours.

« Français, je vous disais en commençant combien votre époque me semblait, pour l'agriculture, l'industrie, les arts et les lettres, avoir atteint un point élevé de perfection. Mais l'agriculture, ne l'avons-nous pas honorée, et Sully ne traduisait-il pas la pensée de ses maîtres en proclamant « que « labourage et pasturage estaient les deux mamelles dont la « France estait alimentée, et les vrayes mines et thrésors du « Pérou ? » L'industrie, nous ne pouvions guère nous y intéresser, puisque de notre vivant elle n'existait guère ; mais l'industrie, vous le savez, est fille de la science, dont elle devient l'application pratique aux besoins et aux agréments de la vie ; mais la science, mère de cette merveilleuse puissance devenue la reine de ce temps-ci, ne l'avons-nous pas entourée d'honneur et de protection ? Charles V, le Sage, était instruit et ami des lettres, et parvint, à force de soins et de sacrifices, à former une bibliothèque de 900 volumes, nombre très-considérable pour cette époque. Louis XII aimait les lettres, les sciences et surtout l'histoire. Il appela à sa cour les savants italiens les plus célèbres et les y retint par de fortes pensions. Il chargeait ses ministres dans les cours étrangères d'acheter les meilleurs livres pour en enrichir les bibliothèques de France. François Ier obtint de ses contemporains le surnom de Père des lettres ; il les aima et protégea. Jaloux de l'illustration que les chefs-d'œuvre de l'intelligence et de l'art donnent à un règne, et digne émule de Léon X, qui attacha son nom au même siècle, il s'entoura de savants et d'artistes, les combla de dignités et de largesses, et encouragea leurs travaux par son exemple et sa munificence. Henri II, son fils, marcha dignement sur ses traces. C'est à cette époque

que l'idiome national se dégage et devient, sous la main d'écrivains savants et ingénieux, Mézeray et Montaigne, Villon et Marot, cette langue française, chef-d'œuvre de clarté et de précision, si bien adaptée au génie et aux qualités d'esprit de la nation, cette langue qui de mon temps possédait cette fleur de douce et narquoise bonhomie et ce bon parfum de vieille gaieté gauloise, dont elle me semble en ce temps-ci avoir perdu quelque peu le secret. Et cette admirable institution de l'Académie dont la France a eu l'initiative, illustre aréopage de l'intelligence, du savoir et du mérite réunis, mon fils Louis XIII en posa les premiers fondements. Que dire maintenant du siècle de Louis XIV, sans conteste le plus grand siècle littéraire du monde, où l'éloquence, la poésie, les sciences morales et positives montèrent aux sommets les plus élevés de la perfection humaine, le siècle de Descarte et Pascal, Bossuet et Fénelon, Racine et Corneille, Molière et Lafontaine, Boileau et Labruyère, génies que mon petit-fils Louis le Grand honora de son amitié et combla de ses faveurs! N'est-ce pas toujours ce sentiment de respect envers les nobles travaux de la pensée humaine qui porta Louis XV à laisser publier, malgré son ministre, ce trop funeste monument de l'Encyclopédie, dont les doctrines battaient en brèche tous les principes politiques et religieux sur lesquels repose la société humaine ?

« Sous l'administration de Colbert, de nombreuses manufactures furent établies ou perfectionnées ; les fabriques de Sedan et d'Aubusson se relevèrent ; les tapis des Gobelins reproduisirent les tableaux des grands maîtres. L'industrie de la soie se multiplia également, et Lyon apprit à la tisser avec l'or et l'argent. Sèvres donna ses porcelaines, supérieures à celles de la Chine et du Japon ; Saint-Gobin, ses glaces qui firent oublier celles de Venise. Le haut prix des nouveaux produits industriels enrichit les entrepreneurs, augmenta les capitaux, et l'Europe devint à son tour tributaire de la France.

« De plus, Colbert, sentant l'importance des communica-
tions, protégea les routes par une police sévère, fit creuser le
canal du Languedoc, qui quintupla dans le Midi la valeur de
l'industrie et des terres ; le canal de Bourgogne, commencé
sous Henri IV, fut achevé à la même époque.

« La marine marchande suivit les accroissements du commerce, et la poste aux lettres perfectionnée, entre les mains
de ce ministre laborieux, facilita en même temps les relations
commerciales.

« D'un autre côté, des asiles furent ouverts pour les indi-
gents à Paris; chaque ville, chaque bourg du royaume reçut
ordre d'avoir un hospice pour les malades et les orphelins ; de
telle sorte qu'à cette époque l'on peut dire qu'on ne laissa
inerte aucun des éléments de la prospérité publique.

« Si je me permets, ô hommes de ce temps, de vous exposer
si longuement tout ce que vos vieux rois ont fait pour le progrès des sciences et des lettres, c'est que je tenais à bien établir devant vous que si nous ne jouissions pas de notre vivant
de toutes les merveilles de l'industrie actuelle, des avantages
moraux et matériels d'une civilisation plus avancée que la
nôtre, nous n'avons cependant rien négligé pour en fixer et
en développer les premiers éléments : vous jouissez maintenant de la moisson dont nous avons, plusieurs siècles durant,
jeté en terre la semence féconde. Et si le fleuve majestueux
et profond, près de son embouchure, le fleuve qui porte sur
ses flots puissants de larges navires, tout chargés des présents
de la terre et des travaux de l'homme, a pris ce grandiose et
si rapide développement, c'est que, sans solution de continuité,
il se rattache à sa source ; c'est que de cette source jaillit sans
relâche ce premier filet d'eau, qui va grossissant, à mesure
qu'il s'avance, de tout ce que déverse dans son sein le tribut
des divers pays qu'il arrose.

« D'un autre côté, si entre nos mains la France s'honora de
savants illustres et d'écrivains sans égaux, les grands capi-

taines ne lui firent pas défaut. Citerai-je, entre mille, Dugues-
clin, qui, même mort, prenait encore des places, et Bayard, le
chevalier sans peur et sans reproche ! Et les Guise et les
Montmorency, ces âmes vaillantes plus encore que bien nées,
et Crillon, mon brave compagnon que je pouvais montrer à
mes amis et à mes ennemis, et Turenne et Condé, Villars et
Catinat, ces foudres de guerre, capitaines accomplis, qui, avec
des génies divers, portèrent si haut la gloire des armes de la
France. N'avons-nous pas trouvé, à diverses époques, aux
moments les plus difficiles de notre histoire, des ministres
prudents et habiles qui comprirent et secondèrent si bien l'œuvre de la monarchie? Remonterai-je à Suger le Sage, qui prit
en main les rênes du royaume, pendant que son maître
Louis VII s'en allait batailler en Terre-Sainte, et dont l'administration mérita les éloges de l'histoire? Et Sully, que
j'avais choisi moi-même entre tous, et qui justifia si pleine-
ment ma confiance par ses judicieuses réformes et le soin
scrupuleux qu'il apporta à ménager et à augmenter les finances
du pays. Et Richelieu, l'homme supérieur qui avait mis au
service de son pays la puissance de son génie et l'énergie de
son indomptable volonté, s'oubliant soi-même pour ne voir
que les intérêts et la gloire de la France ; Mazarin, dont l'esprit si fécond en habiletés et en intrigues merveilleusement
conduites, abaissa pour la dernière fois l'orgueil et les prétentions hautaines des grands du royaume, transmettant à son
jeune maître Louis XIV une entière puissance, qui ne devait
plus être contestée. Et Colbert, cet homme infatigable à la
peine, ne connaissant que le devoir, et Fleury et Malesherbes,
Turgot, enfin, ce promoteur du libre échange, dont les idées
neuves alors, mais aujourd'hui passées en pratique, sont devenues la source féconde de l'aisance et la fortune publique
de votre temps.

« Ce furent tous ces admirables auxiliaires, hommes de
guerre ou administrateurs émérites qui, unissant leur héroïsme

ou leur habileté à la bravoure et à la sagesse de vos rois, amenèrent la France à ce point d'homogénéité et de prépondérance qui, de mon temps déjà, faisait donner à notre patrie le glorieux renom de la plus belle nation de la chrétienté. Et, si vous faites attention que ce travail de formation s'est accompli progressivement, à travers les âges, au prix de soins et de sacrifices innombrables, que, huit siècles durant, vos rois se sont tenus à la tête de cette œuvre gigantesque, et que le sang des premiers fondateurs de votre dynastie, se transmettant directement ou en ligne collatérale jusqu'à ce temps, bouillonne encore, pur et généreux, dans les veines de nobles descendants, vos contemporains, je vous demanderai, quelle est, parmi les familles régnantes en Europe, parmi les plus puissantes ou les plus anciennes, celle qui pourrait opposer aux rois français de la troisième race, au prestige de la durée, un aussi grand nombre de faits éclatants et de grands caractères. Serait-ce les Romanoffs de Russie, ces souverains au cœur altier et implacable, qui règnent par la force et la terreur sur un peuple d'esclaves plus que de sujets, peu initié du reste aux bienfaits de notre civilisation? Serait-ce, en Angleterre, les descendants de Georges de Hanovre? Mais, outre que cette famille compte à peine un siècle de royauté, ne se déprime-t-elle pas dans les agissements traditionnels d'une politique avant tout étroite et mercantile, familière au génie et aux prétentions du peuple anglais? Vous parlerai-je des descendants des Habsbourgs-Lorraine? Oui, ceux-là, je les connais et les tiens en grande estime ; mais peuvent-ils fournir à l'histoire des fastes aussi glorieux, un concours si frappant d'hommes accomplis? Du reste, sous les coups de Turenne et de Condé, leur puissance ne le céda-t-elle pas à la nôtre, à la fin de la guerre de Trente ans? Serait-ce enfin les Hohenzollerns de Prusse? Ah! ceux-là, nous ne les connaissions pas alors, ducs ignorés d'une peuplade à moitié barbare; depuis, je l'avoue, le roitelet a grandi et est devenu

vautour ; mais qu'est-ce que cette gloire d'hier, odieuse et
sanglante, dont vous feriez un crime à vos rois et que ceux-ci
rejetteraient loin d'eux avec un suprême dédain? Du reste,
attendez un peu, Français, il ne sera pas long le jour où, sous
le poids de ses iniquités, vous verrez s'abîmer ce trône su-
perbe, établi sur un long tissu de déloyautés et de rapines ;
patience, et en silence fourbissez vos armes ; ne voyez-vous
pas à Reischoffen, à Gravelotte, à Mars-la-Tour et à Viller-
sexel, ces homériques champs de bataille, illustrés par le
malheur autant que par le courage de vos soldats, ne voyez-
vous la terre teinte du sang des braves, cette terre engraissée
de leurs os donner naissance à une forêt de lauriers que vos
cadets récolteront à la place même où reposent leurs aînés?
Oh ! alors la Prusse aura aussi son jour, et devant vos armées
devenues formidables, épurées par les cruelles adversités
d'hier, et dévorées de la soif d'une noble revanche, ce peuple,
maintenant si insolent et si dur dans la bonne fortune, recu-
lera timide et effaré, et une seconde fois l'épée victorieuse de
la France fera rentrer la puissance allemande dans les limites
qui lui conviennent et dont elle ne sortira plus. Jour radieux,
jour trois fois béni, je te salue! Mon âme, un moment cons-
ternée, attend avec une tranquille confiance cette heure qui
réjouira nos yeux, encore humides des larmes du désespoir et
de la honte ! »

Ces paroles, prononcées avec une vibrante et mâle énergie,
traversent tous les cœurs comme des flèches acérées ; un élan
d'irrésistible enthousiasme transporte cette masse, et des cris
nombreux et longuement répétés de *Vive la France!* répondent aux paroles de l'orateur, d'un si pur et si ardent patrio·
tisme.

« Oui, me direz-vous, votre dynastie est la plus ancienne
et la plus illustre du monde ; devant elle les autres pâlissent,

et si jamais nous revenons à la forme monarchique, nous n'en voulons pas d'autre. Mais êtes-vous aussi irréprochables que vous le prétendez? La postérité, mieux informée, ne peut-elle formuler contre votre passé d'assez amers griefs? Votre justice, par exemple, n'a-t-elle pas été souvent trop arbitraire; votre puissance absolue a-t-elle toujours tenu un compte suffisant des droits et des intérêts du peuple; les deniers de l'État ont-ils toujours été dépensés avec la sage parcimonie que mérite l'intérêt sacré de la chose publique; n'ont-ils jamais servi à défrayer les flatteries des courtisans et vos propres prodigalités quelquefois excessives? Maints d'entre vous enfin, oubliant le haut exemple qu'ils devaient à leur peuple et abusant de l'ascendant que leur éminente qualité leur donnait sur les autres hommes, n'ont-ils pas abrité sous le manteau royal de coupables et trop légères amours, et les mémoires de votre temps ne nous ont-ils pas transmis le récit assez fidèle de vos exploits galants?

« Français, qui jusqu'à présent m'avez écouté avec tant de bienveillance et un intérêt si flatteur, daignez maintenant plus que jamais me prêter une oreille attentive; soyez persuadés du reste que je n'abuserai pas de votre indulgence. Les reproches dont je viens de parler sont d'autre part assez sérieux et ont trouvé assez de faveur dans ce temps, pour que vous et moi nous apportions dans leur discussion une entière franchise, une saine et équitable appréciation des hommes et des choses. Je vous dirai donc, sans altération ni réticence, ce que mon âme, retirée depuis trois siècles du commerce des affaires humaines, et jouissant dans le sein de l'immuable éternité de la sereine contemplation des choses de ce monde, si faibles et si fugitives, découvre dans la conduite de vos rois de défectueux et de répréhensible, mais aussi d'aveugle ignorance et de déplorables préventions à leur égard.

« Comme je vous le disais en commençant, il faut, pour juger équitablement les hommes d'une époque et leurs institutions, tenir un compte rigoureux des éléments divers de cette société, des conditions organiques et vitales qui constituent son essence et auxquelles il n'est pas plus facile de se dérober qu'il ne le serait à l'enfance ou à la jeunesse, faibles et irréfléchies, de posséder prématurément la force et l'expérience d'un âge plus avancé. Il est certain que, sous les premiers rois capétiens, alors que le pays était morcelé en fiefs indépendants, ou à peu près, dont les seigneurs avaient, avec le droit de battre monnaie, celui de rendre justice en leur nom propre ; les coutumes féodales et les ordonnances rendues par des juridictions différentes devaient faire de cette législation un amas informe d'usages contradictoires ou barbares. Que la justice fût, dans ces temps-là, sans règles uniformes, violente et partant arbitraire, il faut bien le reconnaître, mais n'était-ce pas une condition déplorable, je le veux bien, mais nécessaire d'un état de choses alors si troublé et si imparfait, dont vous ne sauriez, sans injustice, nous rendre responsables ? Au fur et à mesure que la royauté grandissait, en abaissant les seigneurs et en renfermant leur puissance dans des limites de plus en plus étroites, la justice était assujettie à des principes moins variables et mieux en rapport avec les règles de la souveraine équité. Suger, sous Louis VII, Philippe-Auguste, ne négligèrent pas, par leurs édits, d'améliorer la législation incohérente et barbare de leur temps. Saint Louis procéda à la révision des monuments de la justice, en usage sous son règne, et ordonna de prendre le droit romain pour base et pour règle des institutions nouvelles. La discussion des codes impériaux et leur interprétation réclamaient les lumières des jurisconsultes ; l'art du légiste fut donc naturellement créé et les décisions des gens experts en jurisprudence déterminèrent la connaissances des textes. Lui-même parcourut plusieurs fois son royaume, recevant les peuples et redressant les torts ; tout le monde sait, et c'est là une des plus touchantes traditions de la monarchie, qu'il jugeait lui-même les querelles de ses sujets, n'ayant pour trône et pour prétoire qu'un chêne de la forêt de Vincennes, au pied duquel il était assis, pour gardes que l'amour de ses peuples. Faut-il vous rappeler l'édit de Louis XII, en 1499, qui a rendu la mémoire de ce prince chère à ceux qui rendent la justice et à ceux qui l'aiment? Il ordonna, par cet édit, qu'on suivît toujours la loi, malgré les ordres contraires que l'opportunité pourrait arracher au souverain.

« Qu'à travers une longue suite de siècles il soit possible à une critique malveillante de découvrir des actes d'arbitraire blâmables, je l'accorde ; mais ces actes que la dureté des temps, les éléments souvent troublés qui s'agitaient autour du trône pourraient atténuer, ne furent cependant ni assez fréquents ni assez délibérés pour que vous puissiez en faire à la royauté un reproche vraiment fondé, en représentant comme règle générale ce qui heureusement ne constitue que des cas isolés. Si les eaux de la Seine ont laissé passer, quelque jour, la justice d'un roi, ce procédé par trop sommaire n'atteignit guère que les grands du royaume, accusés ou soupçonnés de porter atteinte aux droits de la couronne ; et Louis XI, malgré ses vengeances, fut, de son vivant, plus populaire qu'aucun autre roi. De plus, à l'exemple de son père, il ordonna que les juges seraient inamovibles et conserveraient leurs offices durant leur vie : c'était les soustraire au bon plaisir du prince et assurer l'indépendance de la magistrature.

« Avons-nous toujours suffisamment respecté les intérêts et les droits du peuple que Dieu nous appela à gouverner? Ne peut-on pas, sans injustice, nous accuser de despotisme, voire même d'odieuse tyrannie à son égard? Je vous répondrai que, si vous voulez bien vous reporter à huit siècles en arrière, vous conviendrez que le régime féodal, contenu dans de certaines bornes, était le seul principe politique que la France d'alors pût comporter, et que, dans ces conditions, il nous était difficile, pour ne pas dire impossible, d'étendre sur des

provinces qui n'étaient rattachées au trône que par de faibles
liens les avantages d'une paternelle et libérale administration ;
notre puissance était trop contestée par les grands feudataires
du royaume pour qu'elle dotât le pays des institutions publiques, qu'un avenir plus homogène et moins troublé pouvait
seul développer. Mais, à mesure que le pouvoir se dégage de
ces éléments de rivalité et de division territoriale, à mesure
que l'unité nationale apparait, s'affermissant de jour en jour
entre les mains des souverains de la France, les libertés publiques surgissent et prennent corps. Constituée comme elle le
fut, à dater de cette époque, la monarchie ne fut cependant ni
despotique, ni absolue. L'autorité royale rencontra des bar-
rières ou des contre-poids dans les libertés locales, dans les
priviléges des provinces et des villes, dans les parlements,
dont la résistance, quoiqu'on pût à la longue en venir à bout,
était souvent un frein respecté, enfin dans les états généraux,
rarement convoqués, mais toujours investis d'une autorité
morale assez efficace. Ce n'était ni la liberté républicaine, ni
le despotisme, ni l'oligarchie aristocratique, mais il y avait
de tous ces éléments, dans des proportions inégales et variables, selon les temps, les lieux et les hommes. Et moi-même
ne montrai-je pas à la nation réunie en états généraux, en
1596, des égards et une soumission que bien des hommes de
cette époque, plus prodigues de mots que de réalités, feraient
sagement d'imiter? Je désire maintenant, disais-je aux représentants des trois ordres, remettre la France en sa première
force et son ancienne splendeur. Participez, mes sujets, à cette
seconde gloire, comme vous avez participé à la première. Je
ne vous ai point appelés pour vous obliger d'approuver aveu-
glément mes volontés ; je vous ai fait rassembler pour recevoir vos conseils, pour les croire, pour les suivre, en un mot,
pour me mettre en tutelle entre vos mains. C'est une envie
qui ne prend guère aux rois, aux barbes grises et aux victo-
rieux comme moi, mais l'amour que je porte à mes sujets et

l'extrême désir que j'ai de conserver mon État me fait trouver tout facile et honorable.

« Mais si vous avez, en cette circonstance, donné cet exemple en insigne d'honneur et de déférence envers vos sujets, peut-on en dire autant de votre petit-fils Louis XIV, et sa volonté despotique n'absorba-t-elle pas celle de la nation? Absolue, oui ; despotique, dans le sens odieux de ce mot, non. Par les efforts des rois ses prédécesseurs, par le génie et la suprême habileté de ministres qui préparèrent admirablement son avénement, par la complète et définitive soumission des grands du royaume, qui, à partir de ce jour, gravitent sans écart dans l'orbite du pouvoir royal, la puissance de ce souverain demeura incontestée, dominant tout le reste, sans que personne s'en étonnât ni s'en plaignît. N'est-ce pas là d'ailleurs le résultat ordinaire des choses humaines, qui, dans le cours de leur développement, suivent une loi de progression et arrivent pas à pas à ce point de perfection qui donne un prestige irrésistible à celui qui alors en possède entre les mains la puissante direction? Et puis ce roi omnipotent ne s'entoura-t-il pas des lumières et de l'habileté de ministres choisis dans le sein des classes moyennes. Colbert et Louvois, dans l'administration de leur département respectif, manquèrent-ils d'indépendance et d'initiative et, pendant plus de cinquante ans, le roi, leur maître, ne vint-il pas, à peu près tous les jours, discuter, au milieu des gens de son conseil, les nombreux intérêts de l'État? J'ai dit absolu, en vous expliquant les raisons d'être et le sens de ce mot, qui, du reste, je le reconnais, est devenu un anachronisme pour les hommes de votre époque, — ce qui, dit en passant, n'est pas à regretter, — despotique, non ; car s'il est reconnu que la puissance de Louis XIV fut la plus absolue qui ait jamais existé, vous ne pouvez établir qu'elle s'exerçât sans conseil ni ménagement et qu'elle tint écrasés, sous sa volonté tyrannique, la volonté et les intérêts de la nation, ceux-ci ayant un autre but et des significations contraires ; tout au plus peut-on dire que la volonté et les intérêts de la nation s'identifiaient alors dans la volonté et les intérêts de la royauté, mais qu'il y ait eu absorption violente et odieuse confiscation, tout homme sensé et impartial le niera : l'absolutisme n'est pas nécessairement la tyrannie et peut encore assurer à un peuple des avantages que celle-ci ne peut que sacrifier.

« Lorsque, sous Louis XV et Louis XVI, mes successeurs, de nouvelles idées politiques et économiques tendirent à modifier les rapports séculaires du peuple avec la royauté, ne suivîmes-nous pas la nation dans tout ce que ces idées avaient de pratique et de vraiment favorable aux intérêts de la France ? Louis XVI, ce saint et infortuné martyr, inaugure son règne par la suppression du peu de priviléges qui étaient restés aux mains du roi et des grands du royaume ; il renonce au droit de joyeux avénement, redevance que le peuple payait à la couronne, à l'avénement de chaque nouveau monarque ; il fait disparaître les dernières traces du servage et abolit complétement l'usage de la torture dans l'instruction criminelle, achevant l'œuvre d'admirable émancipation que l'Église n'avait cessé de poursuivre à travers les sociétés nouvelles et assurant définitivement à chacun des Français l'exercice des droits essentiels qui résultent de la dignité d'homme et de chrétien. Et lorsque les états généraux présentèrent, en l'assemblée de 1789, leur cahiers des charges, quelle fut la réforme réputée salutaire, le progrès regardé comme une amélioration réelle de la chose publique, que le roi ne consentit ? Vit-on jamais meilleure bonne volonté et plus vif et sincère désir d'atteindre tout le bien proposé ? Vous rappellerai-je l'admirable sacrifice que firent la noblesse et la royauté, la première en renonçant au rang et aux faveurs que lui avait créés le passé, la seconde, en se dépouillant de plusieurs attributs essentiels, au profit des représentants de la nation ? En se découronnant de leurs propres mains, ces

deux puissances séculaires furent-elles mues par d'autres motifs que la paix publique et le bonheur de la nation entière ?
Français, laissez-moi vous le dire, si la majorité du tiers
état eût été animée des sentiments qu'apportait la royauté à
ces solennels débats, si elle se fût moins laissé entraîner par
le désir de faire table rase du passé que par celui d'améliorer
le présent, si elle eût plus cherché à guider et à éclairer le
pouvoir qu'à l'ébranler et le détruire successivement, alors,
avec un grand crime de moins, vous auriez obtenu, sans secousse, sans effusion de sang, tout le progrès, tous les avantages dont vous avez bien essayé de formuler les principes,
mais dont l'application vous a toujours fait plus ou moins
défaut. Jetez sur l'époque qui s'étend de 1789 à ce jour un
coup d'œil consciencieux et impartial, voyez se dérouler le
cycle incessant de vos révolutions, rappelez-vous — la chose
n'est que trop facile — ces malheurs extrêmes, ces coups
inouïs qui vous ont frappés à diverses reprises et qui vous
ont valu tour à tour le mépris ou la pitié du monde, et dites-
moi ce que la France a gagné à rejeter loin d'elle le sceptre
paternel de ses rois, à lui enlever, par tous moyens, son prestige légitime, à vouloir édifier sur d'autres assises une société que ne pouvaient soutenir des principes sans autorité
supérieure, sans base morale suffisante. Hommes de ce temps,
soyez donc de bonne foi ! Sachez reconnaître à qui revient la
responsabilité d'un ordre de choses si regrettable et si funeste,
et, lorsque vos oreilles entendront, contre les descendants de
vos rois, ces imputations, devenues plus communes depuis
quelque temps, de retour à un passé — détruit du reste de
nos propres mains — de dîmes, de priviléges, etc., levez les
épaules et à l'ignorant ou au calomniateur qui produisent de
telles accusations contentez-vous de répondre, si tant est que
de semblables inepties méritent une réponse : L'ennemi de la
société, celui qui la menace le plus directement et le plus prochainement, c'est le sot et dangereux esprit qui vous souffle de

si. tristes invectives; c'est son influence délétère qui ronge, sans relâche, les principes primordiaux de la vie civile; c'est enfin, avec sa violence à tout détruire autour de lui, son impuissance absolue à constituer quelque chose de durable.

« Avez-vous, en troisième lieu, employé les finances de l'État avec cette sage économie que mérite l'intérêt sacré de la chose publique, et ne peut-on, chez plusieurs d'entre vous, blâmer des prodigalités parfois excessives? Certes, si un tel reproche peut nous être adressé, il faut convenir que pendant longtemps vos rois en furent complétement à l'abri, par la raison péremptoire que, ne régnant en véritables maîtres que sur une partie du royaume très-circonscrite, et remettant du reste à des fermiers collecteurs le soin de faire rentrer les impôts, il ne nous était guère possible de gaspiller des finances souvent insuffisantes aux besoins les plus pressants de l'État. Et si quelqu'un d'entre nous, manquant 'd'argent dans une guerre qu'il avait à soutenir contre les Flamands révoltés, crut devoir augmenter les ressources du trésor, en altérant les monnaies, ce moyen extrême établit qu'alors la royauté ne disposait pas de sommes considérables, qu'elle pût renouveler à sa disposition. Si plus tard, lorsque la perception des impôts fut devenue, grâce à l'unité et au bien-être du pays, plus facile et plus avantageuse, les dépenses publiques furent augmentées, si le luxe et le faste donnèrent à la cour un caractère pompeux et imposant, qu'elle n'avait pas montré auparavant, que faut-il en conclure? Que les temps avaient changé; qu'à mesure qu'elle grandissait, la royauté s'entourait de cet apparat qui, déployé dans une juste limite, devait lui concilier l'estime de l'étranger et le respect des sujets; qu'à mesure que le progrès et les lumières s'étendaient, il fallait attirer et fixer par des faveurs les lettrés, les savants et les artistes, et confier à ceux-ci des travaux dignes d'eux, dignes des souverains qui les commandaient et de l'époque qui les voyait naître. Que trop jaloux du lustre et de la gloire impé-

rissable que d'immortels monuments peuvent jeter sur le
règne qui en dota le pays, quelques-uns d'entre nous aient
puisé d'une main trop généreuse dans les trésors publics ;
c'est un reproche que vous pourriez nous faire si ces mêmes
chefs-d'œuvre n'étaient restés après nous votre bien et le
sujet de votre légitime orgueil, et si le siècle d'aujourd'hui,
qui dépense des sommes si considérables pour des œuvres qui
souvent sont loin d'égaler celles d'alors, n'attachait pas aux
choses de l'art une importance si considérable.

« Que dans les détails de la perception, des abus existassent,
je le sais ; l'admirable organisation fiscale que vous possédez,
grâce à une centralisation parfaite qui n'existait pas de notre
temps, ne pouvait être entre nos mains ; les fermiers collecteurs ont pu commettre et ont commis en effet des actes d'arbitraire sur un pauvre peuple qu'ils regardaient parfois comme
taillable et corvéable à merci. Mais la royauté ignorait ces
abus, ou du moins ne pouvait suivre d'un œil vigilant tous
les détails de la perception ; les moyens de contrôle man-
quaient ; force était donc de subir cet état de choses. Loin
d'approuver et de favoriser ces abus, ne voyez-vous pas un
grand nombre de vos rois apporter dans la gestion des deniers
publics une sagesse et une parcimonie dont l'histoire les a
loués. Philippe-Auguste et saint Louis, Charles V et Louis XII
furent des princes économes, qui, tout en favorisant les lettres
et les sciences, laissèrent les finances de la France dans un
état florissant. Louis XII, en particulier, ne disait-il pas qu'un
bon pasteur ne saurait trop engraisser son troupeau, et aux
railleurs qui osèrent faire de sa parcimonie l'objet d'une pièce
de théâtre ne se contenta-t-il pas de dire : « J'aime mieux
« voir les courtisans rire de mon avarice que voir mon peuple
« pleurer de mes dépense. » Et moi-même, n'ai-je pas laissé la
réputation d'un prince simple et ménager des finances de mon
peuple ? Combien ne fut pas sage et réparatrice l'administration
de Sully ! De concert avec lui, ne portai-je pas remède aux

désordres auxquels donnait lieu la perception des impôts, dont, grâce à la cupidité des collecteurs et des banquiers qui les établissaient en sous-ferme, le sixième à peine entrait au trésor, et ne fis-je pas porter directement aux caisses de l'État l'argent du peuple, en diminuant en même temps les impôts et les tailles ? Qu'en de certains moments, les dépenses de la cour aient touché aux limites de la prodigalité, qu'en accordant les faveurs, des princes eussent pensé devoir y joindre le concours de largesses souvent inutiles on imprudentes, ces faiblesses et ces ostentations parfois trop fastueuses n'étaient-elles pas le danger de leur situation, dont elles devenaient l'exagération naturelle et le corollaire à peu près inévitable ? Elles ne furent, grâce à Dieu, ni assez fréquentes, ni assez graves, pour que vous puissiez adresser à l'ensemble de la monarchie l'accusation de dilapidation et de favoritisme ; beaucoup de vos rois, comme je viens de le dire, furent recommandables par l'ordre et l'économie de leur administration, et lorsque, Lyonnais, un journal de votre ville [1] ose écrire une phrase comme celle-ci : « L'impôt prend l'argent à « ceux qui travaillent et le roi le distribue à ceux qui ne font « rien, » je dis, moi, que c'est plus qu'un mensonge, plus qu'une odieuse calomnie, que cette phrase et autres du même genre ne sont ni plus ni moins qu'une mine placée sous les fondements de l'édifice social, pour en renverser au loin, à un moment donné, les assises naturelles que Dieu a placées luimême et que le temps a consacrées.

« Enfin, en dernier lieu, l'histoire n'a-t-elle pas enregistré sur le compte d'un certain nombre d'entre vous des traits nombreux d'une conduite assez légère, pour ne pas dire coupable, et votre cœur vaillant au combat, mais facile au plaisir, n'a-t-il pas maintes fois connu d'autres douceurs que celles d'un amour pur et légitime ? Oui, Français, vous avez raison, plusieurs d'entre vos rois entachèrent leur souvenir de trop

---

[1] *Progrès* du 10 août 1871.

condamnables liaisons ; vous nous en blâmez ; et moi aussi je partage votre sentiment. Je dirai bien plus : depuis que, planant dans les sphères radieuses de l'éternité, mon âme s'est détachée du contact des choses humaines, j'ai compris, mieux que vous ne sauriez le faire vous-mêmes, la laideur et les suites funestes de ce vice riant, que nous avons trop caressé. Je ne vous dirai pas tout ce qu'en expiation de mes coupables amours la justice divine m'a imposé de rigueurs, sachez seulement qu'à travers les champs sans fin de l'éternité, le souvenir de mes tristes défaillances me poursuit comme une meute aboyante, dont les clameurs ne s'arrêtent jamais. Français, respectez la vertu, maintenez haut vos cœurs dans la noble sphère des saintes et chastes affections ; les bonnes mœurs sont le ciment qui tient unies l'une à l'autre toutes les pierres de l'édifice social ; le désordre, l'immoralité désagrégent et délitent les murailles que les doctrines mauvaises auront ensuite beau jeu à renverser : respect, pudeur ; telle est la loi essentielle, vitale de la société !

« Je dirai donc que plusieurs d'entre nous furent bien coupables, en subissant les étreintes d'une passion dont malheureusement on ne raisonne pas les conséquences, tant qu'elle vous asservit ; mais, ne sera-t-il permis d'ajouter que ces fautes, déplorables en elles-mêmes, n'eurent pas dans notre temps, où les moyens de publicité dont vous disposez étaient à créer, la portée que de prime abord vous pourriez leur imputer ; que, du reste, c'était moins nos désordres qui entraînaient la société d'alors sur une pente glissante ; que c'était cette société elle-même, imbue du courant sensuel et païen de la Renaissance, qui semblait, si ce n'est autoriser, du moins atténuer nos regrettables faiblesses. D'ailleurs, faites attention que, pour être roi, on n'en reste pas moins homme, avec cette différence en plus que les rois trouvent devant leurs pas mille sujets de chute, séduisants et d'un facile accès que ne rencontrent pas les simples particuliers qui, cependant, et

de ce temps surtout, ne se font pas faute d'imiter, en le sur-
passant même, ce côté répréhensible de notre passé. Du reste,
s'il y a eu des rois coupables, il y en eut aussi d'irréprochables ; de telles misères ne sont pas exclusivement le lot de la
royauté, mais le triste apanage de notre commune nature. De
plus, j'ajouterai que presque toujours nous avons gardé dans
nos écarts une certaine décence ; les grâces de l'esprit, la distinction des manières étaient, la plupart du temps, les appâts
qui commençaient à gagner nos cœurs... Agnès Sorel, Diane
de Poitiers, Gabrielle d'Estrée, mesdames de la Vallière e
de Fontanges, voire même madame de Pompadour, n'eussent
pas conquis ou conservé les bonnes grâces de leurs maîtres,
si aux charmes physiques de leurs personnes elles n'eussent
joint les avantages plus précieux d'un commerce d'esprit
agréable et délicat... Pourriez-vous, hommes de ce temps, qui
sacrifiez si effrontément sur les autels de la Vénus populaire,
atténuer, comme nous, vos débordements, d'une semblable
excuse ? Quoi qu'il en soit, Français, jetons sur ce vice, qu'il
se montre en haut ou en bas de l'échelle sociale, le blâme
qu'il mérite ; permettez au roi Henri, qui malheureusement
possède en ce sujet une certaine expérience, de vous dire que
votre génération, plus qu'aucune autre, souffre de ce mal
jusque dans le plus profond de ses entrailles ; que cela a été
une des premières causes des douloureux événements qui récemment ont frappé votre pays, et que ce n'est qu'en rame-
nant parmi vous le règne salutaire des bonnes mœurs que
vous relèverez les caractères et que vous rétablirez la France
dans cet état de grandeur et d'ascendant moral pour lequel
elle a été faite, Français, l'exemple de ma vie me condamne,
mais qu'en ce jour les paroles que je vous fais entendre, en
purifiant mon âme, répandent sur ma patrie bien-aimée un
souffle vivifiant d'honnêteté morale et d'efficace régénération ;
le roi Henri se sentira alors moins coupable, à mesure que,
suivant ses conseils, la France redeviendra une nation saine

et vigoureuse, une nation que Dieu ne châtie plus, mais qu'il aime et fait servir à l'accomplissement de ses grands desseins, comme disaient nos pères : *Gesta Dei per Francos*.

« De tout ce que je viens de vous dire, Français, il ressort que la monarchie et la France, que le pouvoir et la nation sont nés l'un de l'autre, d'abord faibles et incertains, qu'ensemble ils ont grandi, partageant les mêmes gloires et les mêmes infortunes, vivant de la même peine et des mêmes joies, confondant ensemble leurs destinées à travers les bons et les mauvais jours ; et si, au faîte des plus grandes splendeurs du pays et de la royauté, l'un de nous a pu dire : « L'État, c'est moi, » c'était bien moins une pensée de despotisme qu'il énonçait qu'une image frappante de la puissance que donnait au roi une étroite communauté de sentiments et d'intérêts entre celui-ci et le peuple, qui tendait naturellement à lui. Aussi, quelle fidélité touchante, quel attachement respectueux la nation ne vouait-elle pas à ses souverains ! La royauté était maintenue à l'abri de toutes discussions et de toutes menaces ; la mort elle-même n'apportait aucun trouble à un ordre de choses si bien établi, et le roi mort, on pouvait crier : « Vive le roi! » Comment un accord si parfait, une si étroite union de deux âmes si chères l'une à l'autre, ont-ils pu être brisés? Pourquoi des dissentiments longtemps inconnus, une séparation que rien alors ne faisait prévoir, ont-ils pu s'élever, après tant de siècles de la plus complète harmonie? Français, écoutez à ce regrettable sujet ce qu'en pense le roi Henri, témoin attentif de toutes les révolutions, de tous les changements de fortune qui ont frappé depuis près d'un siècle notre France bien-aimée.

« Dans la forêt de Vincennes, deux chênes magnifiques, sortis du même gland, avaient poussé et grandi, appuyés l'un sur l'autre ; ensemble ils avaient bravé le souffle furieux de la tempête et les éclats de la foudre ; ensemble, chaque année, ils élevaient vers le ciel une tête plus vigoureuse et des bras

plus étendus ; unis l'un à l'autre, leurs troncs, en se rapprochant chaque jour, avaient fini par se pénétrer ; et de la base au sommet, à travers les vaisseaux d'un même corps, circulait une même séve, abondante et généreuse. Aussi, parmi ceux de leur espèce, n'y en avait-il pas qui pussent présenter des proportions aussi grandioses, ni une aussi admirable végétation ; c'était merveille à voir ; vous eussiez dit un de ces arbres qu'Homère a chantés, au tronc gigantesque, à la large et verdoyante envergure, honoré des mortels et aimé des dieux ! Quand un jour un génie malfaisant, jaloux du merveilleux développement de ce chêne, l'orgueil de la forêt, dit :
« C'est l'union intime et parfaite de ces deux troncs qui a
« constitué cette charpente prodigieuse et cette merveilleuse
« végétation ; je n'aime pas ce qui est si beau et si fort, et il me
« plairait, en séparant ce que la nature a si bien pris souci
« d'unir, de ramener cet arbre insolent à de plus communes et
« de plus modestes proportions ! » Aussitôt dit, aussitôt fait ; et, grâce à de nombreux et trop coupables auxiliaires, des coins aigus, forgés à cet effet, sont placés de la base au sommet entre les deux troncs ; une main coupable commence à frapper ; longtemps l'arbre résiste et recouvre de sa séve puissante ses cicatrices, à mesure qu'elles lui sont faites. Mais toujours la même main poursuit, infatigable, le jour et la nuit, son œuvre détestable ; elle a juré d'accomplir le dessein que l'envie et la haine lui ont inspiré, et elle ne s'arrêtera plus qu'elle n'ait achevé ce travail de destruction. C'en est fait, les deux troncs, séparés l'un de l'autre, ne vivent plus de la même vie, ne s'embellissent plus de la même séve, et perdent bientôt cette prodigieuse vigueur et ce luxuriant feuillage, qui attestaient leur force. Par moment les deux troncs tendent, par besoin comme par nature, à se joindre l'un à l'autre comme autrefois ; ils sentent que le retour de leur vitalité première est à ce prix ; ils se tendent l'un à l'autre les bras avec d'amoureux efforts. Mais, hélas ! peine inutile, temps perdu ;

le coin fatal qui les a désunis est resté fixé entre leur subs-
tance, l'empêchant de se rejoindre et de se souder.

« Français, qui m'écoutez, vous êtes trop intelligents pour
que je développe devant vous le sens de cette allégorie ; vous
saisissez sans peine la nature et les œuvres du génie malfaisant qui, dans le cours du siècle précédent, a fait pénétrer dans
le corps social — royauté et peuple tout ensemble — le coin
acéré du sophisme et du mensonge ; négation de l'ordre divin
pour saper dans leurs bases les institutions humaines qui,
privées de cet appui, perdent tout principe de force et de sta-
bilité. Oui, Français, notre ennemi commun, l'ennemi du peuple bien plus que de la royauté, a réussi à nous séparer, à
nous rejeter loin l'un de l'autre ; notre réunion, c'était la
force contre l'orage, la splendeur d'une puissance sans égale ;
notre séparation n'a guère été que notre exposition à tous les
vents, dont nous sommes devenus le jouet ; une source de di-
visions et de faiblesses. Je reconnais que l'arbre possède encore
une certaine vigueur, et qu'à de certains moments, trop courts,
hélas ! il a semblé recouvrer sa magnifique expansion d'autrefois : mais pourquoi ce qui n'est qu'un accident ne devien-
drait-il pas un état régulier permanent ? Et si le Ciel nous
destine à vivre séparés l'un de l'autre — ce que je veux ignorer
pour le moment, — peuple français, rejette loin de toi ces
coins acérés que ce mauvais génie a laissé fixés dans ton sein ;
quels que soient les chefs qui président à tes destinées, ne
donne pas à ton obéissance une base précaire, rattache-la à
un principe supérieur et indiscutable au-dessus des caprices
et des passions des hommes, et, dans la majesté de la loi,
reconnais moins l'autorité personnelle du législateur que la
sanction de Dieu qui préside aux sociétés et communique à
leurs institutions le caractère sacré qui seul peut les rendre
respectables et obligatoires. Avec de tels sentiments, vos
blessures pourront se cicatriser, et de beaux jours encore lui-
ront sur vous, si vous savez vraiment en être dignes.

« Je vous ai entretenus suffisamment de la France et de ses vieux rois ; j'espère, — et l'attention que vous avez bien voulu me prêter me le fait augurer, — avoir quelque peu dissipé vos doutes et vos préventions. Mais avant que cette insigne faculté d'adresser la parole à des Français venus trois siècles après moi me soit retirée, avant que mes lèvres reprennent la rigidité muette de la pierre, laissez-moi, en terminant, vous dire quelques mots sur un sujet que j'ai à cœur, autour duquel on a accumulé depuis quelque temps tant d'injustices ou d'opinions erronées. Je veux parler du drapeau, à l'ombre duquel la France s'est faite et est montée au faîte de la grandeur, du gracieux et chevaleresque emblème qui en ornait les plis glorieux.

« C'est une tradition que je tiens des rois mes ancêtres, que le fondateur de notre race, le vaillant Hugues Capet, à la mort du dernier descendant de Charlemagne, se trouvant, un jour de chasse, assailli par le mauvais temps, chercha un asile dans une modeste chapelle située à la lisière de la forêt de Saint-Denis. Ce prince, qu'un vaillant cœur n'empêchait pas d'avoir l'âme croyante, après avoir à deux genoux adressé ses hommages à Dieu et à Notre-Dame, se disposait à se relever, quand l'archange saint Michel, debout à l'un des coins de l'autel, tenant une épée d'une main et une fleur de lis de l'autre, l'interpella ainsi : « Hugues, bénis Dieu dont l'infinie
« sagesse a daigné te choisir, entre tous les chefs de la Gaule,
« pour continuer l'œuvre du grand Charlemagne, et être l'aïeul
« d'une longue suite de rois : reçois cette épée ; le Christ et la
« Vierge Marie la confient à ta foi et à ton honneur, pour pro-
« téger l'innocence et la faiblesse et frapper l'iniquité partout
« où tu la rencontreras sur tes pas ; fils aîné de l'Église, sou-
« viens-toi de ta mère, et mets ta première gloire à déjouer,
« d'une main vigilante et dévouée, les ténébreuses machinations
« qu'ourdira contre elle l'audace impie des ambitieux suscités
« par l'enfer. Tant que toi et les tiens serez fidèles à cette sainte

« et noble mission, vous serez, parmi les princes du monde, en
« grande crainte et puissant respect : prend ce lis de l'autre
« main, et sache qu'autant que cette fleur est au-dessus de
« toutes les autres par son parfum et sa majesté, autant vous
« et votre peuple serez élevés au-dessus des rois et des nations,
« en splendeur et glorieux mérites. Si grande est votre mission,
« si ce pays est appelée à une destinée privilégiée, tenez pour
« certain aussi que le Ciel a droit à ce que moins que tout
« autre vous ne vous écartiez de la voie insigne qu'il vous
« trace. Si, pour prix de votre fidélité, vous êtes assis au-
« dessus des autres peuples, Dieu, en cas de félonie et d'aban-
« don de sa sainte cause, vous frappera cruellement et vous
« humiliera devant le monde dont vous deviendrez alors la
« risée. Retiens ces paroles, grave-les dans ton cœur et celui
« des tiens, et pour que ton peuple ne les perde pas de vue,
« fais placer l'image de cette fleur sur l'oriflamme de Saint-
« Denis. Maintenant pars, et va trouver l'évêque de Reims,
« fais-lui bénir ce lis et cette épée, en même temps qu'il sa-
« crera ton pouvoir devant les grands et le peuple assemblés. »
En effet, le roi Hugues Capet fit broder des fleurs de lis sur
l'étendard national ; le roi saint Louis les multiplia encore
et en décora ses armoiries. Plus tard, lorsque le roi Henri
d'Angleterre, usurpant les titres et les droits qui revenaient
au gentil dauphin Charles VII, fit son entrée à Paris, avec
le drapeau national, celui-ci fut considéré comme déshonoré
et ne pouvant plus guider la France à de glorieux combats.
Dans ce temps-là, Jeanne d'Arc, la bergère de Lorraine,
apparaît à la tête de nos armées, une bannière blanche
à la main, déconcerte les ennemis et les chasse des murs
d'Orléans, jusqu'à ce que, de victoire en victoire, elle conduise
le roi à Reims, pour replacer sur sa tête la couronne de ses
ancêtres.

« Depuis, la couleur blanche est religieusement conservée ;
mais la fleur de lis en orne toujours les plis immaculés ; et si,

entre nos mains, ce drapeau ne réussit pas toujours à forcer
la victoire, du moins il n'assiste jamais à la honte et à la
ruine de la patrie. Depuis quatre-vingts ans, je le sais, d'autres
couleurs et d'autres emblèmes ont été choisis par vous ; notre
drapeau, celui de vos pères, a été mis de côté. Je ne veux
pas m'en plaindre ; du reste, sous un insigne différent, c'est
toujours, pour le roi Henri, sa France bien-aimée, et le chan-
gement de couleur ne saurait changer la nature de ses sentiments. Mais, permettez-moi de vous dire que si, comme le
drapeau blanc, le drapeau tricolore compte de glorieuses journées, ce dernier a ombragé des désastres et des humiliations
que le nôtre n'a point connus. Quels sont les nouveaux emblèmes de ce drapeau : l'aigle et le coq ; mais ces emblèmes
donnent-ils du caractère et du génie de la nation une idée
aussi juste, aussi bien appropriée que cette gracieuse fleur qui·
brillait sur le nôtre ? Si l'aigle plane dans les airs, il ne vit
que de rapines et de sang ; ses serres menaçantes et son bec
recourbé n'inspirent que la terreur et sont une menace placée
au-dessus de la tête de tout ce qui est plus faible, — à ces
différents titres, je l'abandonne, et la France n'en sera pas
jalouse, aux armes de la Prusse. — Le coq, c'est vrai, est le
symbole de la vigilance matinale, de la vieille valeur gauloise ; à ce titre, il me plairait assez ; mais le coq gratte, et à
un autre point de vue, il me paraît mieux fait pour être l'emblème d'un sultan, voluptueux disciple de Mahomet, que l'emblème du royaume très-chrétien. Avez-vous réfléchi aux mystérieuses et symboliques significations renfermées dans cette
fleur que vos pères avaient fait broder sur leurs enseignes, et
qui conviennent si bien à l'esprit et à la singulière destinée
de notre nation ?

« Le lis est le roi des fleurs ; cette suprématie lui est
acquise par trois attributs qu'on ne peut lui contester : la majesté, la simplicité, la fécondité. La majesté : voyez-le dans
les parterres élever sa tête au-dessus des autres fleurs comme

une reine imposante au milieu de ses suivantes ; la simplicité : sa fleur est belle sans artifice, sa blanche corolle n'offre pas le luxe de pétales multipliés et de couleurs compliquées ; la fécondité : le lis n'est pas avare de son parfum et en répand au loin les délicieux effluves. Le peuple français n'est-il pas né grand, avec de nobles et chevaleresques sentiments, et même dans ses écarts et ses défaillances les plus déplorables, ne lui reste-t-il pas une trace de cette origine princière ? La simplicité, ah ! Français, dans quel pays du monde a mieux fleuri cette douce et spirituelle simplicité ; cette discrétion et cette délicatesse dans les services à rendre ; cette urbanité si pleine de mesure ; ce commerce familier si plein de réserve et de bon goût, et ces qualités d'esprit, frappées au coin d'une clarté et d'une précision sans égale, qui assurent à la littérature nationale la première place parmi les littératures modernes, à vos écrivains, à vos artistes, à vos savants une influence incontestée ? La fécondité... mais qui donc se dévoue, qui donc verse sur le monde le trésor d'un grand cœur, d'une âme généreuse et chevaleresque ? Français, laissez-moi vous le dire, cette fleur, admirable emblème de vos précieuses qualités, n'appartient pas en bien propre à vos rois ; non, c'est bien plutôt l'emblème de la nation entière ; cette fleur vous appartient, cette fleur, c'est vous-mêmes, c'est la France avec ses rares qualités et ses mystérieuses destinées. Je ne sais si jamais cette génération remettra en honneur ce que ses pères ont fait disparaître du drapeau national ; l'avenir en décidera ; mais, en tout cas, Français, il ne saurait maintenant, après mes paroles, vous déplaire de voir votre génie et vos brillantes qualités symbolisés par un emblème si merveilleusement approprié, et à dater de ce jour vous n'aurez plus, je l'espère, pour le vieux drapeaux de vos aïeux qu'une juste estime et un respect plein d'admiration.

« De ce qui précède abstenez-vous de conclure que je sois l'ennemi déclaré des institutions et du régime qui, pour la troisième fois, viennent de trouver faveur dans ce pays, et quoique mon opinion bien arrêtée à moi soit que la France ne recouvrera toute sa puissance, toute sa splendeur passée, qu'en s'unissant de nouveau à la souche de ses vieux rois, qui infuserait à l'arbre national la coopération pleine de vitalité d'une séve restée, malgré une triste séparation, puissante et généreuse, j'estime aussi que la forme républicaine, sincèrement et honnêtement pratiquée, peut rendre la nation assez sage, assez maîtresse d'elle-même pour en suivre les admirables maximes, heureuse au dedans et respectée au dehors. Du reste, je n'ai besoin que de jeter les yeux sur cette terre suisse, dont vous recevez en ce jour les dignes représentants avec une cordialité si touchante, pour reconnaître tout ce qu'une république, fondée sur une véritable entente des principes qui en sont l'expression, peut donner à un petit peuple de force et de prestige. En rendant cet hommage à la Confédération helvétique, le roi Henri est heureux aussi de lui exprimer, dans la personne de ses nobles enfants ici présents, toute l'admiration et la reconnaissance que lui inspire la généreuse et touchante hospitalité dont elle a usé dernièrement, envers notre malheureux pays, dans des jours de désastre inouï; honneur donc à la Suisse, et qu'elle reste à tout jamais la terre de la vraie liberté, comme elle est celle de la sainte hospitalité ! »

Ici, les visiteurs suisses, placés au balcon situé au-dessous de l'étage d'où le roi adressait la parole à la foule, du milieu du tympan qui encadre son effigie, se découvrent avec respect; un murmure flatteur s'élève de leurs rangs, et des cris accentués de *Vive le roi Henri* IV répondent aux souhaits et aux hommages que venait de formuler le royal orateur.

« Je disais donc, Français, que si la forme républicaine
peut cicatriser les blessures dont de récents et cruels
malheurs ont couvert votre chère patrie; si, par elle, celle-ci
redevient forte et prospère, non-seulement le roi Henri n'en
sera pas jaloux, mais un tel spectacle réjouira ses yeux —
et ceux de ses descendants. — Mais ce régime, qui plus que
tout autre exige le concours de vertus civiques, profondes et
efficaces, ne pourra avoir une existence durable et vous assurer les bienfaits que vous en attendez, qu'à trois conditions
seulement, conditions de première et impérieuse nécessité. La
première, c'est que vous donniez pour base et sanction à vos
nouvelles institutions, l'idée de Dieu, le respect de sa loi, le
règne des vertus qu'elle impose ; votre œuvre sera longue et
laborieuse, et ce ne sera pas trop de l'appuyer sur un principe
supérieur aux vues et aux passions humaines. Du reste, re-
tenez-le bien, rien ne se fonde que l'Éternel ne l'édifie ; sans
quoi tout est caduc, et les plus beaux systèmes manquent
leur but, et tombent misérablement, s'ils ne sont vivifiés par
quelques gouttes du sang du Christ. La seconde, c'est que
vous ne négligiez rien pour rendre aux armes de la France le
lustre et la force, qui en feront l'émule des plus redoutables,
par une puissante organisation, une inflexible discipline, et
l'alliance plus étroite de la science et de la bravoure ; relevez
le niveau de l'armée, en appelant dans son sein, non plus la
partie la plus infime de la nation, mais toute cette jeunesse,
à laquelle les lumières et un intelligent patriotisme ne feront
pas défaut ; en rapprochant dans vos camps les diverses
classes de la société, en les mêlant l'une à l'autre, vous rap-
procherez les distances et les cœurs ; la jalousie et la haine
s'arrêteront ou s'atténueront ; vous formerez une génération
vraiment républicaine, dont les vertus se fortifieront de tout
ce que le service de la patrie demande d'abnégation et de
sacrifice. Du reste, l'ennemi implacable qui vient de vous
terrasser ne vous a point complétement abattus, — il ne

l'ignore pas ; — il rode autour de vous, comme un tigre autour d'une proie ardemment convoitée ; la France ne doit donc pas s'endormir, mais, sentinelle vigilante, se tenir debout, la main sur la garde de son épée, et cette épée doit être faite de l'acier le plus tranchant et de la meilleure trempe. La troisième condition, enfin, c'est que vous reconnaissiez que si la noblesse du nom n'assure plus, sous une république, aucune faveur à celui qui le porte, il est une noblesse dont celle-ci doit rechercher les services avec autant d'empressement qu'aucune monarchie, je veux parler de la triple noblesse de l'intelligence, du mérite et de la vertu. Pour prendre part aux affaires publiques, il ne suffit donc pas de s'affubler de grands mots, ni de faire montre d'opinions exaltées pour acquérir les lumières et l'expérience que seule peut développer la réflexion jointe ordinairement à une certaine position. Dans la démocratie, l'influence et la position morale doivent appartenir aux meilleurs, aux plus instruits, aux plus intelligents. En édifiant le régime nouveau, c'est un solide et imposant monument que vous pensez élever ; faites appel au concours d'habiles et savants architectes : arrière donc, les pleutres et les goujats, vous tous à qui la sottise et l'orgueil enlèvent le sentiment de votre médiocrité et de votre impuissance ; arrière donc, et place aux plus dignes...

« Quoi qu'il en soit, Français, dés événements de l'avenir, que les descendants de vos anciens rois continuent la chaîne, un temps interrompue, de la plus ancienne et de la plus glorieuse des monarchies du monde, ou qu'ils restent simples citoyens d'une grande république, il est une qualité que le temps et la bonne ou mauvaise fortune ne pourront leur enlever. Aussi longtemps que la France comptera parmi les nations, aussi longtemps que le sang de vos anciens rois fera palpiter une poitrine humaine, la France sera aimée, la France sera servie jusqu'au plus entier dévouement, jusqu'à la passion, jusqu'au plus complet sacrifice. Dans l'exil ou sur le trône, dans la gloire ou l'infortune, nous voulons être, — et c'est par là que je finis — nous voulons rester jusqu'à la fin, envers et contre tous, ce que nous avons le droit et la mission d'être, *les plus Français des Français.* »

Le roi cessa de parler et adressa à la foule un long et gracieux salut. Quelques instants encore sa figure sembla garder une expression animée de douce bienveillance et de noble distinction, puis, peu à peu, elle reprit l'immobilité de la pierre. Les auditeurs de cette scène mémorable, après avoir répondu aux dernières paroles d'Henri IV par de chaleureux applaudissements, restèrent longtemps suspendus, immobiles et émerveillés, à cette bouche qui venait de faire entendre de si bonnes et de si étonnantes choses ; puis, petit à petit, la multitude se dispersa, chacun emportant chez soi un profond sentiment de plaisir et d'admiration, que le temps certainement n'effacera pas de l'âme de ceux qui venaient de tressaillir aux patriotiques et merveilleuses paroles du brave Béarnais. Puis, la nuit venue, tout rentra dans le calme ordinaire : éclairé par les rayons vaporeux et argentés de la lune, le buste du roi semblait flotter dans l'espace, comme le bon génie chargé de présider aux destinées de la France, jusqu'à leur consommation suprême. Plusieurs fois, celui qui vient de reproduire aux yeux du public le récit de ce discours, dont il n'a pu qu'affaiblir l'admirable et divine expression, a trouvé depuis l'occasion de traverser cette place des Terreaux, où, le 9 août, il avait été témoin du singulier spectacle dont il vient d'être parlé ; il lui semblait devoir encore entendre l'écho des accents pleins de douceur et de pénétration qui, ce jour-là, charmèrent ses oreilles. Mais le roi restait muet, et la foule s'en allait, indifférente et pressée, à ses affaires. Seulement, en songeant à tout ce que cette âme généreuse avait nourri de grandeur pour la France, d'affection pour son peuple ; en se rappelant tous les bienfaits de cette paternelle et libérale administration et, en particulier, le souhait que le monarque avait prononcé, un jour, en faveur des paysans ses ancêtres, Jean Vinicola, paysan de cette époque si malheureuse et si troublée, ne peut s'empêcher de s'écrier — beaucoup en feraient autant : Mon Dieu, quelle que soit la forme de gouvernement qu'adopte ce pays, monarque ou président de république, donnez-nous, avec un Sully, un Henri IV, et la France sera sauvée!

FIN

LYON. — IMPRIMERIE PITRAT AINÉ, RUE GENTIL, 4.